原田ひ香

サンドの女　三人屋

実業之日本社

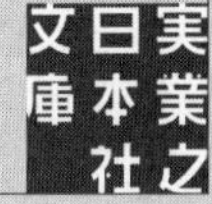

目次・扉デザイン　成見紀子
目次・扉イラスト　秋山洋子

もくじ

1. 近藤理人（26）の場合

——広場を連中が通る、行ったり来たり、おかしな連中だ。

——時間つぶしに煙草をふかしたり、おしゃべりしたり、行き交う人を眺めたり。

オペラ「カルメン」には始まってすぐのところに、兵士たちが広場で通行人を見ながら歌っている場面がある。

近藤理人は、豆腐屋の店番をしながらラプンツェル商店街を眺める時、その歌を思い出さずにいられない。食べ物屋だから煙草は吸えないけど。

あちらからは不動産屋の隠居老人、こちらからは電気屋の亭主。二人はすれ違い、簡単な挨拶を交わす。

隠居老人の方、理人はいけなくもない。電気屋は無理。

普通のゲイなら、後者を選ぶんだろうけどな、と理人は考える。フケ専の自分には無理だ。

変なやつらが行き交っている、それが「ラプンツェル商店街」。

「ちょいと出かけてくるよ」

気がついたら、後ろに古屋彦一が立っていた。

「どこ行くの？」

「新宿に行って……正月の買い物をしてくる」

本当だろうか。新宿には男が出会う場所……ハッテン場になっているサウナがいくつかある。

「ぼくも行きたい」

「いいよ。どうぞ」

古屋は面倒くさそうに答える。

理人は改めて振り返って彼の顔を見る。向こうはなんの感情もない目でこちらを見ている。

「そしたら、誰が店番するの？」

古屋は答えずに肩をすくめた。

しばらく、二人の視線がからみあった。

「閉めればいい。どうせ、たいして客も来ない」

彼は仕方なさそうに答える。本当は思ってもみないことを。

「いいよ、じゃあ、待ってる」

理人はなんでもないことのように言って、前を向いた。

「来いよ」

不思議だ、と思う。本当は理人の方が片時も彼と離れたくなく、古屋はもう理人に飽きているのに、言葉だけは反対のことを言い合っている。

「もういい。かったるくなっちゃった」

あくびまじりにつぶやいて見せると、頭のてっぺんに温かい息を感じた。

「おりこうさん」

彼が肩を引き寄せ、つむじにキスをしたのだった。

「人が見てるでしょ」

こういう時、本来なら、古屋の方がラプンツェル商店街の人や客に気を使う方だと思うのだが、理人の方が内心、焦ってしまう。顔が赤くなった。まあ、平日のこの時間はたいして人通りがないし、古屋がゲイなのはこの街の誰もが知っているようだが。

「おから、ちょうだい」

その時、分厚いコートに派手なストールをぐるぐる巻きにした、中年女が店の前に立った。

変なやつぞろいのラプンツェルの中でも、一番変なのがこの志野原夜月(しのはらよづき)。「三人屋」というおかしな名前のスナックをやっている。

「お熱いねえ」

　彼女は古屋と理人を見て、薄く笑った。

　普通のお客なら古屋は体を離したのだろうが、彼女には遠慮はいらぬとばかりに理人の体を引き寄せるしぐさをした。

「かわいいだろう」

「はいはい」

　古屋も笑って、おからを大型のポリバケツの中からビニール袋に詰めた。たっぷり入れて、もちろん、金は取らない。

「悪いわねえ。今度飲みに来てよ」

　必ず、誘うのも夜月の口癖だ。

「夜月ちゃんから金は取れないよ」

「悪いついでに、お宅のおぼっちゃん、今夜借りられない？」

「え」

　大人ふたりが自分の頭の上で交わす会話に驚いた。

「貸す？」

「うちのボーイちゃんがインフルエンザにかかっちゃったのよ。一日、アルバイトに来ない？」

最後の言葉は理人に降ってきた。

思わず、古屋の顔を見上げる。

「どうせ、スナックの手伝いの、一度や二度はしたことあるんでしょ」

当たり前のように彼女は言った。

夜月が来てから、理人はうっすら不機嫌になっていた。彼女に嫉妬しているわけではない。するわけない。古屋が異性としての彼女に興味を持つわけないのだから。

ただ、なんともいえない、二人の間の雰囲気。お互いの訳あり事情を知り尽くしている、どこか親友のような、共犯者のような、自分なんてこの関係の前ではまったく余所者(よそもの)のような雰囲気がいやだった。

やっぱり、一言で言うと、嫉妬していた。

「理人さえよきゃ、どうぞ」

そっけなく、古屋が言う。

「じゃあ、いらっしゃいよ。たまには場末のスナックも楽しいわよ。ちゃんとおこづかいあげるし、ご飯も食べさせるし」

もう決まったように言う。

「やです」

「え」

古屋と夜月、二人がほとんど同時に驚く。そのまるで自分がＯＫするのが当たり前だと思っている二人の様子にさらにムカつく。

「人前に出るのやだし向いてない」

うそだ。ここに来る前はずっとバーで働いていた。時には客の勧めに応じて歌ったり踊ったりもしていた。結構、自分に合っていた、と思う。

「働きたくないし」

それは本心だった。

古屋の家に来てそろそろ四年だった。ここにいる間は働きたくない。豆腐屋の店番は別だ。なんと言うか……それは生活だ。好きな男の家業が豆腐屋だからかまわない。むしろ大歓迎だ。

だけど、それ以外はいやなのだ。自分は二丁目から身請けされたお姫様で、ここにいる間は、愛人業を全うしたい。家業の豆腐屋は、吉原（よしわら）から身請けされた高級遊女が惚（ほ）れた男の店を助ける、歌舞伎か落語みたいでいい。そんな自分を想像するのも楽しい。

たぶん、そんなふうに夢見がちな理人を誰も知らない。皆、ドライでちゃっかり生きている現代っ子と思っている。古屋でさえも。

いつかは古屋に飽きられて、家を追い出されるかもしれない。だけど、それまでは他の仕事はしたくない。

「あら、そう」

　夜月がまた笑みを強くしている。それは、理人の気持ちはすべてお見通し、とでも言いたげで落ち着かない。

「まあ、気が変わったら連絡ちょうだいよ。古屋さんが知ってるから」

「ぼく、女には売らないんですよ」

　こちらが薄笑いを浮かべて言ってやった。

「何を？」

「自分自身を。私の一番大切なものを―」

最後に百恵（ももえ）ちゃんみたく歌ってやると、さすがに、夜月も真顔になった。古い歌は、二丁目時代に覚えた。

「いや、昔は男にも女にも売ってましたけど、女は若いのにしか売らないんです。じゃないと、さすがに、その気にならないんで」

　相手を怒らせたかった。傷つけたかった。最低でも、困らせたかった。

けれど、夜月は一瞬目を見張ったあと、あっはははは、と声を上げて笑った。

「おたくの子猫ちゃんはご機嫌斜めなのねえ」

古屋に向かって言った。

「ごめんよ、夜月ちゃん」彼は謝り、理人の方に「夜月ちゃんはそこまで不自由してないよ」と言った。

笑いをひっこめた夜月は古屋に言った。

「もう少し、優しくしてやんなよ。いらいらしてるじゃない、子猫ちゃん」

理人の方はまったく見ていない。まるで最初からここに存在していないように。ぐさっと胸に刺さった。何を、と目をとがらして彼女をにらんだ。

「夜月ちゃん」

めずらしく、古屋がはらはらしながら、自分たちを見ているのに気がついた。どんな時も毅然（きぜん）としている彼なのに。

「ごめんなさいね」

夜月がふっと息を吐いて、理人の目を見てわびた。

「からかったの。あなた、かわいいから」

その目の中には同情があった。

「まあ、気が向いたら遊びに来て」

優しい口調に、ほんの少し気が抜けた。さすがに長年、水商売をしている女は違う。思わず、こくんとうなずいた。

罪作りだね、古屋さんも、とつぶやいて、彼女は去っていった。

自分がフケ専だと気がついたのはいつの頃だろうか。

最初の相手が中学校の副校長だからか。いや、そんなの関係ない。あれは自分の方が誘ったのだから。

高校時代、ある写真集に夢中になった。一昔前の東京の若者たちの部屋を何十も撮った一冊だ。ほとんどがワンルームで、ぎっしりと服や本や、それぞれの趣味のもので飾られている。

理人はその写真とその向こう側の世界に強烈なあこがれを抱いた。理人は福岡の郊外で生まれ育ったが、高校を出たら、自分も東京に行き、こういう部屋に住むのだと心に決めた。

さらに、その著者の写真家をテレビで一日観て、彼にも恋をした。太った丸顔で短髪、薄く髭を生やしている。写真集への憧れと彼への憧憬が一緒になって、ほとんど毎日のようにそれを眺めた。

理人の家は手広く商売をしている義父が建てたもので、ちゃちな洋館のような造りで大きく、もちろん、彼の部屋もあった。しかし、彼は木造の六畳一間のアパートに自分の好きなものばかり集めた部屋を作るのだと決めていた。そして、高校卒業と同時に家を出た。

家にいる間は母の好みが絶対だったので、自分の部屋といえども好きなようにはできなかった。母の好みというのは、一言で言うと「ベージュ」。すべての部屋を「ベージュ」の濃淡の家具やファブリックでそろえていた。

理人が、進学先もなく、就職先もない状態で家を出ようとして、母とケンカになった時、義父はただひたすらおろおろしていた。ほとんど家出同然で上京した。連絡もしてないし、電話番号も変えた。

東京に出てきてからはおきまりのコースだった。

二丁目の店に勤めながら、「ウリ」とも恋愛ともつかない関係を持って、相手の男からもお小遣いをもらって楽しく暮らした。

古屋はその店でも街でも有名な客だった。品が良く、容姿が良く、清潔で、金払いがいい。豆腐屋をしている、というのも、彼のチャームポイントのように語られた。皆に好かれていた。

そして、本当に好きな「子」ができると、自分の店に連れて行って同棲する、というのが半ば伝説のようになっていた。

普段、彼は店員や店に来る客と次々関係を持って、でも、スマートに遊んでいた。彼の好みは二十そこそこの若い、美しい男で、理人はドンピシャのはずだったが、なぜかなかなか手を出してもらえなかった。

ある時、理人が早い時間に一人で店番をしていると、彼がやってきた。

二人きりになって、理人はつい自分から声をかけてしまった。

どうしてぼくを抱かないの、と。

理人も二十二になっていた。じっと待っていたら、自分は古屋の好みの年齢からはずれてしまう、と焦っていた。

今でも、その時のことを思い出すと理人は泣きたくなる。

古屋はそれまで誰にも見せたことのない顔をした。

ただ、頬を赤らめて、うつむいた。

あの古屋彦一が、いつも落ち着いていて、スマートで、ものごとに動じない彼が赤面したのをはっきりと覚えている。

「……君はまだ子供だろう」

古屋の声はかすれていて小さかった。だけど、理人にははっきりと聞こえた。

「はたちだよ」

二つ、さばを読んだ。

「そうか」

うつむいたままの彼の隣に座り、そっと手を握った。

「もう、大人だよ」

その夜、古屋はまっすぐ、豆腐屋に理人を連れて帰った。

その日から、ずっと理人はその家にいる。四年が経ってしまった。

すっかり、新宿に行く気をなくした古屋が声をかけてきた。

「夜月ちゃんとこ、行かないつもりなのか」

「いかない」

もはや意固地にさえなっていた。

彼が作ってくれた昼食を一緒に食べた。

白いご飯、味噌汁、鶏肉の白味噌焼き、小松菜の煮浸し、大根のぬか漬け。

地味だけど、滋味にあふれたおいしいご飯。混んでいる日は交代に店番するが、今日のような平日は店先が見える場所に座って食べる。

白味噌焼きは本来は魚を漬けて西京焼きになるはずの料理だが、若い理人を気遣ってくれたのだろう。

心尽くしの食事を食べられるのはいつまでなのか。

今でも、二丁目のあの店に行けば、理人と立場を代わりたい、と思っている若い男はたくさんいる。

「そんなにぼくに行って欲しいの？」

「どこに？」

わかっているくせに、古屋は尋ねる。

「その人のところ」

「夜月ちゃんか」

「好きなの？」

「バカな」

確かに、彼が彼女を好きなわけもない。

「まあ、お前も気が紛れると思ってな」

「何が」

今度は理人が尋ねる。

「いつも家にこもりっぱなしだったから」

それは、昔の彼が願ったことではないか。

理人をここに連れ込んだ時、古屋は彼が出歩くことを嫌った。

昔の友達に会うことを嫌い、昔の店を訪れることを嫌い、街の人に見られることを嫌った。

君の角膜に誰も映って欲しくないんだ、と言って。

そんなドラマまがいの言葉に理人もまた酔いしれながら、でも、ケンカした。

ぼくはあなたの持ち物じゃないよ、と言って。

本当は持ち物になりたかったのに。

だけど、昔の店くらいには時々行きたかった。店のマスターにもちゃんと挨拶したかったし、古屋に買ってもらったお揃（そろ）いのアクセサリーを見せびらかしたかったし、何より、今の自分を皆に見せつけたかった。

だけど、それも古屋は許さなかった。

それで十分、幸せだった。

彼が自分に飽きるまでは。

「行って欲しい？」

聞きながら、わかっている。もしも、それを彼がのぞむなら、自分は抵抗できないかもしれない。

「別に、どちらでもいいよ」

古屋はご飯を頬張りながら、疲れたように笑う。

「理人が好きなようにすればいい」

こんなご飯を食べているからだ、と理人は思う。

炭水化物抜きダイエットなんて無縁の生活だ。豆腐は糖質オフだけど、ご飯と一緒に食べなくては「豆腐は廃れる」と古屋は喜ばない。

三度三度ご飯をきっちり食べて、ここに来た時より、確実に五キロ太った。

体型にはほとんど変化がないが、それだけで、理人のくっきりとした顎の線が少しふっくらとした。

その頃だろうか、いや、二十五を過ぎた頃だろうか、古屋が自分を見る目が変わってきた。

前のように、せつないほどじっと凝視したり、目で追ったり、しない。

ただ、ぼんやりこちらを見ている。

理人自身もわかっている。

太っただけではない。

ここに来た時より、髭が濃くなったし、眉が濃くなったし、どことなく、全体が濃く、太くなった。

はかなげな美少年ではなくなった。

理人も古屋も、ものすごく厳格で細かな、容姿の好みをそれぞれ持っていた。

理人たちは「体」と「顔」だけを求めた。付き合ったり、もっと手っ取り早く、ハッテン場で知り合う時、顔と体以外のことは関係なかった。将来などなく、ただ、それだけを見ている。自分の好みを徹底的に追求した。

もちろん、自分は今でも行くところに行けば、そこそこ人気のあるタイプの男だろうと思う。需要を少しシフトすれば。

だけど、古屋の好みのタイプからはわずかにはずれてしまった。

それに理人は気づいている。

そして、理人が気づいているのを、古屋も気づいているのだ。

「本当に、お前がしたいようにすればいいんだよ」

「あの人、いつからここにいるの？」

「夜月ちゃんか」

古屋がふっと目を細める。そんな表情を女に対してすることは、ほとんどない。

「あの子たち……あの子の妹たちも含めて、生まれた頃からここにいるんだよ。夜月ちゃんはランドセルを背負って、よくこの店をのぞきにきていた。なんだか子供の頃からうまが合ってね」

「ふーん」

彼女たちは、今、「三人屋」という店をこのラプンツェル商店街の中でやっている。元は両親が営んでいた喫茶店を改装し、朝はモーニングセット中心の喫茶店、昼はうどん屋、夜はスナックを営業しているのだ。

「……行こうかな」

「え」

彼が勧めたくせに、彼の方が驚いている。

「スナック手伝おうかな」

「いいのか」

ふっと気がついたのだ。

この街にもっとなじめば、古屋は自分を捨てることができなくなるのではないか、と。


「はあん」

自分から呼んだくせに、理人の姿を見ると、夜月はうっすら笑った。

「なんですか」

古屋に言われた通り、店に電話すると、「黒いズボンと白いシャツ持ってる?」と聞かれた。「ある」と答えると、じゃ、それで来て、と言われた。むかついたので、黒ズボンに紺のシャツを着た。

「来たのね」

「連絡してたから、わかってたでしょ」

ものすごくいらいらする。

夜月は胸元がざっくり開いた、赤いワンピースを着ていた。

母が着ていたのと同じような。母は「髪結いの亭主」という、パトリス・ルコントの昔の映画が大好きだった。主人公の女性と同じものを街の洋品店で作って着ていた。

「連絡が来たからって、来ない人はいっぱいいるじゃない」

彼女はちょいちょい、というように理人をカウンターの中に呼んで、「お客が来るまでは、グラスでも磨いていてよ」と言った。

これまで、女性が働くこういうスナックのヘルプに入ったことがないわけではない。けど、圧倒的に数は少ない。

こういう場所で、理人が自発的に動くことはない。ただ、ぼんやり立っていて、あしろこうしろと言われた通りに動くだけだ。別に、「気が利く」だとか、「こまめに働く」だとか評価される必要はないのだから。

まあ、いずれにしても、彼女たちの言う通りにしておくことが肝心なのはわかっていた。

なんか言い返してやろうとしたけれど何もなかったので、すぐ脇に置いてあった麻混のクロスでグラスを磨いた。

手に取るだけでウィスキーの香りがしてくるようなバカラのロックグラスや、リーデルの脚なしワイングラスが並んでいる。わりにいいもの使ってるじゃん、確かに酔っぱらいには脚なしの方が安定がよくていい、などと考えていると、急に、酒屋からもらったような、コップと呼んだ方がよさそうなグラスが横にあって、足をすくわれたような気持ちになる。

「そういう方がいいって人が結構いるのよ」

夜月がワンピースの上に白い割烹着（かっぽうぎ）をかぶりながら説明する。ああ、そうすると、せっかくの赤いワンピースが隠れてしまう、と考えている自分がいて、理人は驚く。

夜月は家で作ってきたらしい、大きなプラスチック容器に入れたお惣菜（そうざい）を次々と出した。小鍋で温め直したり、味を足したり、少しずつ手を加えてまた容器に詰め替える。小鉢に盛ってから、冷蔵庫に入れたり、案外、手際がいい。

母に似た女が、母が決してしなかったことをしている。

「今日のお通しはおからだから」

「ああ、はい」

「あんたんとこの、お父さんにもらったおから」

お父さん、とか呼ばれると、古屋がまったく違う人物に見えてくる。

「古屋さんはお父さんじゃありません」

ふふふ、とこちらを見て笑った。

「ごめん、ごめん」

七時近くになると、「さあ、そろそろ」と言いながら、割烹着を脱いだ。白い布の下から、赤いドレスがまた出てきた。よく見ると、濃い赤に模様がぽつぽつと入っている。彼女のくるぶしくらいまで長さがあった。夜月は店と厨房（ちゅうぼう）の間の、客の方からは見えない柱に貼ってある、細長い鏡を見ながら、服と同じ色の紅を塗った。その様子を見ていると、理人はますます落ち着かない気分になった。

開店の七時きっかりにドアのちりんが鳴って、鶏肉屋の三觜西一（みつはしとりいち）が入ってきた。

「いらっしゃい」

カウンターに寄りかかりながら発した、夜月の声は大きくない。かすれたようなささやき声でゆっくり微笑（ほほえ）む。

やっぱり、この人は水商売の人だ、と理人は強く思った。たとえ、昼間、町中ですれ違うことがあっても、今はちゃんと「夜の女に会いに来る」雰囲気を作っている。

「水割りね」

「はい」

理人が用意するのかと思ったら、彼女は目でそれを断って、手ずからバカラのグラスを取った。棚から三觜のボトルを下ろす。

「早いのね」

「今日は弟に片づけさせているからね」

「そうなの。てっきり、奥さんにやってもらっているのかと思った」

すると、三觜の顔がほころんだ。

「そんなこと、させられないよ。もう、神棚に祀って、毎日、毎食後、手をこうぽんぽんと打って拝んでもたりないくらいに大切に崇めてる。何しろ、やっときてもらったんだから」

「ふふふふふ」

「それに、実家が目の前じゃないか。女房に店の後かたづけさせて、スナックに通ってるなんて知れたら、義母さんになんて言われるか」

後半の方は少し恨みがましかった。

理人はそれで、彼が商店街の中の肉屋という商売敵から、出戻りの娘を嫁にもらったのだ、という噂を思い出した。

なんでも、子供の頃からずっと憧れていた、恋女房らしい。

夜月は丁寧に水割りを置き、「今、お通し出すからね」と言った。

その時、三觜が顔を上げて、理人に気づいた。

「おや、今日はめずらしい顔じゃないか」

「いつもの子がお休みなんで、ほら、豆腐屋の」

「ああ、豆腐屋の居候か」

居候……それじゃ、身請けされたお姫様とまるで違う。けれど、そのさばさばした言い方が嫌いじゃなかったし、何より、三觜の雰囲気は理人の好みの範疇だったので、会釈した。

「理人です。よろしくお願いします」

「こちらこそ。豆腐屋は元気かい？」

夜月が、それ以上の口を封じるように、三觜の前に小鉢をとん、と置いた。

「お通し、おからの炒り煮と鰯の炊いたもの」

「ありがと」

「他に何か出しますか」

「いいや、今日はいい」

三觜は箸を持ち上げながら、「今朝さ、杉橋さんが来たよ」と言った。それで、理人にも、彼がその話をするため、恋女房を置いてやってきたのだ、とわかった。

「そう」

夜月は顔色一つ変えずに、平坦な声で答えた。理人が知らない名前だった。

「あの男、しゃあしゃあとうちで唐揚げなんか注文してさ」

「まあ。だって、三觜鶏肉店の唐揚げは絶品だもの」

「五十人分だって。差し入れにするんだってさ」

話を聞いているうちに、その「杉橋」という男がテレビ局のプロデューサーで、しばらくここに出入りし、夜月とついこの間まで付き合っていたこと、でも、途中で別れたと説明していた妻と、本当はまだ切れておらず、夜月との付き合いが発覚したことで復縁、さらに、この店で二人のかなりの大立ち回りがあった、ということを知った。

三嶺は話すだけ話し、お通しをかき込んで一杯の水割りだけ飲むと、さっさと妻の待つ家に帰っていった。

男のことで、夜月に嫌みの一つでも言ってやろうと思っていたのに、三嶺と入れ替わりに、イイジマスーパーの店長、飯島大輔（いいじまだいすけ）がやってきた。

「おお、おお」

挨拶ともつかない声を上げて、彼はカウンターに座る。

夜月は今度は黙って、水割りとお通しを並べる。

この人、最近、マッチョ度がさらに増してきたな、と理人はグラスを磨きながら思った。時々、通りですれ違うだけだが、これ見よがしに薄着をして、大胸筋を見せびらかしている。

「お前知ってる？　あの、杉橋が鶏肉屋に来たの」

夜月は布巾を取るふりをしながら後ろを振り返って渋面を作り、理人の方にカウンターの下で中指を立てて見せた。

　ここに来て初めて、笑ってしまった。やっと、夜月に同情する気になった。夜月とこの大輔は昔、付き合っていたらしい、というのは、古屋から聞いたことがあった。この町で子供の頃から育った人は、すべてを知られ、見られているのだ。

「……三觜さんから聞いた」

「あ、そうなの？　いけしゃあしゃあと、唐揚げ五十人前も注文したらしい」

「だから、知ってるって」

「図々しい男だよなあ。あいつ、本当は結婚してたのに、夜月にはもう別れたって言ってたんだろ」

「だから、もう、その話は終わったの」

「夜月も夜月だよ。ここまで水商売一筋にやってたのに、気がつかないなんて」

「だ、か、ら！　別居してたんだってば！　家にもいなかったの！　どうやって気がつけって言うのよ！」

「そぶりとかであんだろ」

「ねえ、それより、気がつかない？　今日はいつもの子が休んでるから、豆腐屋の理人君に来てもらっているんだけど？」

　急に振られて、理人は戸惑いながら挨拶した。

「理人です。よろしくお願いしまっす」

「ああ、そうか」

大輔は理人の顔をちらっと見ると、すぐに夜月を向いた。心底、男には興味がないらしい。

「お前って、なんだかんだ抜けてんだから、気をつけろってことなんだよ」

「うぜえ。黙れ」

そこまで言っても、大輔の説教というか、からかいはやまず、最後には「もう、お前、出て行け。二度とくんな」という夜月の怒鳴り声で終わった。

大輔のあと、客足はぱたりと止まった。まだ、九時前なのに。

「雨が降ってきたのね」

戸口まで行って、外を見た彼女が振り返りながら言った。

「だから、来ないんですかね」

理人は口調が皮肉っぽくならないように言った。

「……こういう日は、また、後から来るわよ」

ご飯、先に食べちゃったら？ と彼女は言った。

「いいです。空いてないので」

「そんなこと言うと、あとで食べそけるわよ」

「食べ損ねるってことですか」

「そう」

「どこの方言ですか。夜月さん、東京でしょ」

思わず、初めて名前で呼んだ。

「さあねえ、いろんな場所に行ったからねえ」

そして、あなた、どこ出身？　と聞いてきた。

「福岡です」

「なるほど。豆腐屋にどのくらいいるんだっけ」

「四年です」

ふーん、とうなずく。

いらない、と言ったのに、彼女は勝手に食事を用意している。客に出すために作ったであろう、鰯の煮たの、炊いたあらめ、唐揚げを甘酢に絡ませたもの、漬け物、味噌汁……そして、おから。

「ご飯はお客の注文が入ってから炊くから、今は昨日のご飯の冷凍したので我慢してね」

だから、いいんですって、と言おうとして諦めた。もう、ほとんど定食のようなものができあがってしまっている。

「さあ、ここで食べて」

夜月はカウンターの片隅にそれらを並べてくれた。

「じゃあ、いただきます」

腹は空いていないと言いながら、口にすると抵抗なく食べることができた。食事は、古屋とお昼を食べたきりで、結構、空腹だったことに気がついた。

ふと思う。ここに来てからずっと、自分は彼のことを考えている。グラスを見ても彼を思い、あらめを見ても彼を思っている。

なんだか、泣きたくなって、慌ててご飯をかき込んだ。味は悪くない。それどころか、かなり口に合う料理だ。

「夜月さん」

お礼代わりに話しかけた。

「何」

「夜月さん、結局、大輔さんにだけ、気を許してますよね。言葉遣いがあの人だけにはタメだし」

「その方が、あの男が喜ぶからよ」

夜月は面倒くさそうに言った。

「なんか、好きなレコードかけていいわよ。誰もいないし、ご飯、食べている間くらいは」

それで気がついた。店の片隅に、今時めずらしいレコードプレーヤーが置いてあった。

「はあ」

せっかくだから、レコードの音を聴いてみるか、という気になって立ち上がった。

「レコードはほとんどクラシックだけどね、お父さんの残したものだから」

彼女の言う通り、コレクションのほとんどはクラシックだ。理人にはわからないものばかりで、適当に選ぼうと思った時、マリア・カラスの「カルメン」を見つけた。よせばいいのに、なんとなく、ターンテーブルに載せてしまった。

聞き慣れた、カラスの声が店に響いた。

「あら、懐かしい」

夜月がつぶやいた。

「パパもカラスが好きだった。今だって、彼女以上の歌手はいない、と言って」

理人にその歌を教えてくれたのは母だった。

「なるほど」

母も理人と同じで、人の庇護(ひご)を受けないと生きていけない女だった。

小さくて、細い人だった。何よりもその特徴を表しているのが手で、小さいのに指が細くて長くて、握りしめると壊れてしまいそうなくらい華奢(きゃしゃ)だった。男はその手でつかまれたり、そっと触られたりすると、どうしても「この女を守らなければ」と思うようになるらしい。

ああ、それから声と笑い声。文字通り、鈴を転がすように美しい声の人だった。

手と声で、母はその容姿やスタイル以上の男を捕まえた。

ごくごく若い頃は、中洲(なかす)のスナックで働いていたらしいが、二十代の初めにはもうやめてしまっていた。キャバクラやクラブは苦手だったらしい。ああいうところは競争が激しいから嫌なのだと、その鈴を転がすような声で上品に言っていたけど、本当は勝ち気で負けず嫌いな性格だから、「地」が出てしまってうまくいかないのだろうと理人は推測していた。

最初の相手は九州大学の学生だった。友達に連れてこられて、スナックなんかもたまにはおもしろいか、と見くびっていたところをまんまと母にはめられた。親は佐賀の土地持ちの家で、結婚には反対だったが、息子の頼みでしかたなく、福岡に大きなマンションを買ってやった。毎日、おもしろおかしく暮らしながら理人を産んだ。

しかし、彼が大学を卒業することになり、親たちが佐賀に帰ってこいとうるさく言うようになると、さっさと理人を連れて離婚した。

義父母は孫を欲しがったが、水商売だった嫁と切れるのが嬉しかったのか、わりにすぐに離婚することができた。今、彼は佐賀で親の持っているマンションやアパートを管理しながら生きている。もちろん、すでに新しい家族がいる。実の父だが、理人はほとんど会ったことがない。養育費はちゃんと毎月毎月ふんだくっていた。

次に結婚したのは、やっぱり中洲にクリニックを開いている整形外科の医者だった。これはなかなか金もあり鷹揚な男だったが、すぐに別の女に手をつけ、度重なる浮気の末に離婚した。三番目と四番目の男は、どちらも年齢のいっている金持ちだった。一人は博多に何軒かチェーンの飲食店をやっていて、もう一人は商売が何か、聞いてはいけない人だと言われた。なんらかの裏稼業に就いていたのだろう。

ちなみに、三番目の男とは結婚していない。なぜなら、その男には妻がいたから。とはいえ、母の結婚は、妻であって愛人のようなものだ。逆になんで、母や男たちが毎回のように戸籍を汚すのかわからない。ただ、母は結婚が好きなようだったし、それによっていろいろ守られることもある。

水商売をしておらず、働いてもいない専業主婦の母が、彼らとどうやって出会うのか、理人にもよくわからなかったが、大きくなるにつれて理解した。それは、合コンで知り合った男女が結婚式で綺麗ごとを言う時に使う、「友達の紹介」なのである。

でももちろん、いい歳をした男と女が合コンするわけではない。

彼女、いや、彼女たちには「博多後妻クラブ」とでも言うべきネットワークがあって、金持ちで女好きな男をお互いに紹介し合い、回し合っているのだ。よい条件の男がいて、でも、自分に今必要がなかったり、どうしても好きになれない（それはめずらしいことだったが）時には友達に譲る。自分も離婚しそうになると、友達に相談する。彼女たちは、しばしば、リージェンシーやらヒルトンやらのティールームでひそひそ話し合い、情報を交換し合う。

母は今、五番目の夫である老人と暮らしている。彼とは三十代半ばで知り合い、結局、一番長くいることになった。年老いて背が低くて太っていて、首が短く、顔が肩に沈むように見える、醜い男だ。

だけど、優しく、母の言いなりに金を出し、投資かなんかで、家とは違う仕事場を借りていて、日頃ほとんどそこにいる。つまり、昼間、母が何をしていようが気にしてない。

彼がどうやって金を作ったのか詳しいことは知らないが、どうも、親の遺産や本業からではないようだ。若い頃は普通の勤め人で、爪に火をともすような生活をして貯金をし、それを株式投資したとどこかで聞いた。

そんな思いをして作った金をどうして母のような女に使うのか、理人にはまったくわからない。

母は「博多後妻クラブ」の友達と会ったり、エステやネイルに行く他は、ジュリア・ミゲネスとドミンゴが主演している、カルメンの映画をくり返し観ていた。それはオペラのカルメンを実写映画のように仕立てたもので、登場人物が歌いながら踊ったり、演技をしたりするのだ。圧巻は、カルメンがストリップと見紛うばかりのダンスで、ドン・ホセを半裸で誘惑しながら歌うシーンだ。

母はそれを昔はビデオカセットで、その後はレーザーディスクで、そして、DVDが出てからはそれで、すり切れるほど観ていた。音を流しながら、ミゲネスに合わせて歌ったり踊ったりしていた。

たぶん、彼女はずっとカルメンのままなのだ。恋多き女だと自分を思っている。理人からすれば、本当に一度でも恋をしてきたのか疑わしい。恋よりも贅沢な生活やおいしい食事の方が好きなように見える。

義父は理人にも優しかった。理人がしたいということにはなんでも金を出したし、いつも穏やかに振る舞っていてくれた。

高校二年の冬、理人は友人たちと中洲の大通りを歩いていた。すると、彼が向こうから一人で歩いてきた。彼は街で一番大きく、高級なテーラーで作ったスーツとコートを着て、帽子をかぶっていた。

理人を見ると瞬時に笑顔を作って、「やあ」と帽子を取って挨拶した。彼はたぶん、友達といる理人が気まずくならないように、そういう声のかけ方をしたのだろう。

醜く見えなかった。それどころか、押し出しの立派なこぎれいな老人で、誰が見ても、金持ちでよい仕事をしている一角の人物に見えるだろうと思われた。

「誰？」

しばらく行った後、友達が尋ねた。

「オトウサン」

こんなに素直に、母の相手を父親だと認めたことは一度もなかった。

「なんだよ、お前、父ちゃんにそんな挨拶するの？　変わってる」

友達が笑った。

「そういう人だから」

「馴れ馴れしくなくて、いいじゃん。うらやましい」

「まあね」

「何」

友達は理人の背中を叩いた。

「お前、赤くなってるの？　別に親に会ったからって、恥ずかしがるなよ」

「ちげーよ」

理人は、その時、自分が彼のことをずっと好きだったのだ、ということに気がついていた。

ふんふんふん。

夜月がカルメンに合わせて鼻歌を歌っている。

なんで、カルメンなんて選んでしまったのだろう。過去を思い出すだけなのに。

食事を終えると同時に、理人は席を立って、レコードを止めた。

「あれ、やめちゃうの」

黙って片づけ、プレーヤーにジャズのCDを入れた。

しかし、一度、浮かんだ、母とその再婚相手の残像はなかなか消えなかった。自分が使った食器を洗っている間も。

家を出たのは、母とその男の姿を見ているのが嫌になったからだ。

母は相変わらずわがままを言い続け散財をし、男は素直にそれに従っている。それにいらいらした。

母はまだ二十代のまま、バカなままで、毎日カルメンの歌を歌い友達とうまいものを食べて男を品定めし、あとはぼんやり暮らしている。

母はまだ気がついていないのだろうか。彼女にも、もう、老いが忍び寄っていることとを。

彼女が醜く年老いていると侮っている男とは、そのうち立場が入れ替わる。いや、もう、替わっているのかもしれない。その時、妻は、夫は、どのような行動にでるのだろうか。

その場を見てやりたいとも思うし、見たくないとも思う。

一方で、自分がどんどん母に近づくのを感じる。

理人はほとんど女装をしないが、店のショーやイベントで時々、化粧することがあった。

鏡の中に見えるのは、母の姿であり、目指すのも母の化粧だった。それしかしらないのだから。

母が嫌いなわけじゃない。子供の頃、夜出かけるために着飾っている姿を見て、なんてきれいな人かと思ったこともある。

さまざまな気持ちを抱えきれなくなって、あの場所から出てきた。

「女は女で短いけど、男は男で短いのよね」

理人が食器を片づけていると、夜月がつぶやいた。

「何がですか」

自分が考えていることが見透かされているかと思い、ぎょっとして尋ねた。

「いろいろね、価値、というか」

「何が言いたいんです」

夜月は何も答えず、今日、一番、かわいそうなものを見る目でこちらを見た。

「あんた、学校はどこまで出たの？」

「高校ですけど」

「そう」

「なんか問題ありますか」

「資格とか、あるの？　免許とか」

「ありませんよ。あんたも持っているんですか」

「あるわけないじゃない」

夜月はげらげら笑った。そして、煙草入れのポーチを出して、細長いものを口にくわえた。

「これ、煙草じゃないからね。電子だから。メンソールでイチゴ味の、ビタミンＣ入りでニコチン入ってないやつだから。体にいいやつだから」

そんなの、どっちでもいい。

「妹たちが店で煙草吸うなってうるさくてさ。もう、朝から晩まで禁煙よ」

「で、短いってなんのことですか」

夜月は上目遣いでこちらを見た。

「だからさ」

「なんですか」

「売れる、時間っていうの？　賞味期限っていうの？」

夜月が、カウンターの中から出てきて、真ん中あたり、理人の正面に座った。

「あんたもさ、もう、方向性を変えるしかないよね。紅顔の美少年って感じじゃないんだから。少し鍛えて細マッチョになるか、がんがん鍛えて短髪で髭にして、いかにも系になるか。どっちも似合うと思うけど」

「……ほっといてくださいよ」

「ま、いずれにしろ、豆腐屋のタイプじゃなくなるよね」

なんてはっきりものを言う女だろう。

「いいじゃない。あなたならいくらでも相手いるでしょう？　古屋のおじさんよりいい男もいるって」

慰めるわけではなく、当たり前のように夜月は言う。

「だから、あんたに関係ないって」

「ふーん。結構、本当に、好きなんだ。古屋さんのこと」

　理人は黙っていた。

「まあ、あの人、昔からモテるからねえ。優しいし、スマートだし、ケチじゃないし」

　いったい、女の夜月が彼の何を知っているのだと思う。

「仕方ないよ。あたしたちは皆が勉強したり資格取ったりしている間、楽してきたんだからさ」

「楽なんかしてませんよ」

「そう？　じゃあ、これからなんか資格取る？　秘書検とかアロマなんとかじゃなくて、ちゃんとご飯が食べていけるやつ。司法書士だとか、税理士だとか」

　やたらと、試験の名前を知っている女だと思った。本当は、資格が欲しいのだろうか。

「こういうの、お店のお客さんからよく聞くからさ。自然に覚えちゃうの。中身もよく知らないけど。そういうの、取る気ある？」

　食器を水切りに丁寧に並べた後、一度全部磨いたグラスを、もう一度、端からごしごしとこする。

「割らないでよ。高いんだから……ねえ、資格取る気がないなら……ああ、介護っていう手があるか。まあ、あんた若いんだからどうにでもなるって思ってるのかもしれないけど」

「うるさいなあ」

そういうと、彼女はぴたり、と口を閉じた。けれど、謝りもしない。

夜月の声が途絶えると、店の沈黙は耳に痛いほどだった。自分がグラスを磨く、わずかな「シュッシュ」という音だけが響いていた。

「わかってますよ」

こらえきれなくなって、そうつぶやいてしまった。

「そんなこと、一番、自分がわかってます。だけど、しかたないじゃないですか」

「そうね、しかたないのよ」

夜月は客が来ない、ドアの方を見ながら言う。

「あたしたちは誰かから、選ばれるのをずっと待たなきゃいけないの。誰かから選ばれて、ドアが開くのを待つしかないの」

「演歌の歌詞みたいですね」

やっとそう返せた。

ふっと、古屋は今、何をしているのだろう、と思ったら、息がつまるほど苦しくなった。彼はもしかしたら、二丁目に飲みに行っているのかもしれない。そして、新しい誰かを捜しているのかもしれない。

夜月の横顔を改めてみた。

もしかして、この女、古屋と共謀して、自分を雇ったのかもしれない。古屋が他の男を捜すため、彼に頼まれたのかも。でなければ、これほどドンピシャでこちらが心配していることを言えるだろうか。

「あら、いらっしゃい」

理人が「もう帰ります」と口を開こうとした時、客が入ってきた。

夜月の読み通り、それから閉店の一時までひっきりなしに客が来て、てんてこ舞いの忙しさとなった。理人は「もう帰してください」とも言い出せず、閉店後もその片づけで結局、夜中の二時過ぎまでいることになった。

てっぺんを回った頃、もう一度、大輔がやってきて——どこで飲んできたのか、べろべろに酔っていた——夜月にプロポーズするというちょっとした修羅場を演じたが、客たちはそれに慣れているのか、ただ大笑いしただけだった。夜月はずっと渋面を作っていた。

夜月から日給の入った封筒を受け取り、店を出ると、しんしんと冷えていた。

走って帰って古屋の顔を見たかったが、もしも、彼がいなかったらと考えてみただけで、怖くて足がすくんだ。

それで、すうとやってきたタクシーに手を挙げてしまった。たぶん、終電を逃した客を送ってきた帰りなのだろう。

「新宿。近くなったら道案内するから」

片道と思っていたのに、客を拾えた嬉しさからか、運転手はよく話した。理人は生返事をしていた。夜月からもらった一万円を崩して金を払った。

向かった老朽化したサウナは、経営者が建て直そうか、どうしようか、迷っているうちに、ゲイが相手を捜すためのたまり場になってしまったような場所だった。それでも客が入るならと見過ごされ、諦められ、打ち捨てられた施設で、何もかもが古い。しかも、経費削減で照明さえもケチられているのか、ぼんやりと薄暗い。

タオルを巻いて湯気の中を入っていくと、よどんでいた空気が一瞬にして変わり、刺すような視線が自分の体のあちこちに当たっているのがわかった。

すぐに何人かの男たちに視線やちょっとしたしぐさで誘われた。けれど、どれも断って狭いブースに入り、それから明け方まで、タオルを頭からかぶってじっと一人で過ごした。誰がやってきても、顔も上げず、手を振ることで断った。

一度だけ、トイレに立った。小便器を使っていると、マッチョで髪の短い、いかにもそれらしい男が後ろに立って、彼の体に露骨に触れてきた。嫌だ、と言う代わりに首をはっきり振ったのに、相手は自信があるのか、それをやめなかった。

「触んじゃねえ！」

怒鳴ってやっとすっきりした。ここに来たのはこのためなのだ、と気がついた。向こうは、「気取んな」と捨てゼリフと唾を吐いてきた。ちょっと、気の毒になった。

始発電車が動く時間に店を出た。入場料を払ったのに、結局、誰とも触れ合わずに終わった。

古屋豆腐店に着いて、そっと脇のドアから入った。

「はっ、はっ、はっ、はっ」

彼が短い息を吐いているのが聞こえた。

一瞬、男を連れ込んでいることを想像し、その自分を恥じた。

古屋は豆腐を作っているのだった。

部屋の中にはもうもうと湯気が立っていた。それはさっきのサウナの湯気を一瞬思い出させたが、蒸した大豆の湯気だった。部屋の中は夏のように湿気と温度が高かった。

古屋は機械で搾った大豆の汁……豆乳を大釜に移し替えていた。これから、それににがりを打つ。マスクをしていても声がもれてしまうほどの重労働だった。

昔……たった数年前なのに、それは理人にとっては昔だった。一緒に寝ていた古屋が作業のために起きると、自分もともに起きて脇でじっと見ていた。幸せだった。いつの日か、それをすることはなくなった。古屋が歓迎していない、ということにぼんやり気がついたからだった。理人が脇にいて、ねっとりとした視線をそそいでくるのが嫌になったのだろう、と今気がついた。というか、ずっと気がつかないふりをしていた。

「ねえ」

朝帰りしても何も言わない相手に、つい、声をかけてしまった。

「ぼく、手伝おうか」

古屋は黙って振り返った。

髪を覆う白い帽子と大きなマスクの間に細く見える目が、ちらりとこちらを見た。冷たい目だった。

端的に言えば、何か汚いものでも見るような視線がこちらに刺さった。

この豆腐は、自分には触られたくないのだ。絶対に。

それは決して、自分がハッテン場から帰ってきたからではない。

理人は、浴びせかけられたのは一瞬のことだったのにその視線に耐えられず、今入ってきたドアをくぐって、外に出てしまった。

無人で冷え切った、ラプンツェル商店街をただただむやみに歩く。

もう、終わりなのだ、二人は終わりなのだ、とやっと自分に言い聞かせながら。

歩きながら、スマートフォンを取り出した。

ほんの時々、ごくごくたまに……一年に一回くらい、そっとかける電話番号を選び出す。

「……もしもし？」

すぐに男の声がした。

早朝なのに出られて、驚いた。誰も出ないと知りながら、数回鳴らして切ろうと思っていたのに。ただ、まだつながっていることを確かめたかった。

母はこの時間、間違いなく寝ているはずだ。義父だって起きているはずはない。

「もしもし？」

だけど、やっぱり、義父、その人の声だった。

「どなたですか」

穏やかで優しい声だった。

時々かける。彼だけがいる、とわかっている時間に。そして、そっと切る。

理人の目からつうっと涙が流れた。そして、切ろうとして、スマホを耳から離した瞬間。

「理人？　理人君なのか?!」

自分の名前が呼ばれて、思わず手が止まる。

「理人君？　やっぱり、理人君だろ？」

　自分の名前が連呼され、理人は聞きたかったものを知る。また、切ろうと、そっと手を伸ばした。

「切らないでくれ」

　まるでこちらが見えているかのように彼は言った。

「切らないで。理人君なら、聞いてほしい。お母さんも……」

　一瞬間があった。

「お義父さんもずっと君のことを待っているよ。いつでもここに帰ってきていいんだよ。それを忘れないで。何か困ったことがあるなら言ってくれ。金でもなんでもすぐ送るから。お母さんはいつも君のことを話しているよ。心配して会いたがっている」

　一番好きな人から、一番聞きたくない言葉を聞いた。

　彼が心配してくれるのは、あの女の息子。いつまで経っても。

「もしも、僕のことが嫌いだったら……ごめんね。でも、お金だけでも受け取ってくれないかな」

　それなのに、さらに衝撃的な言葉を聞いた。

　そんなふうに思っていたのか、あの人は。あの家を出たのは理人が義父との関係を嫌って出たと。

すぐに否定したかった。それは違うと言いたかった。

「君が苦しい生活をしていないか、心配でたまらないんだ」

けれど、理人は涙を拭き、最後まで答えずに電話を切った。

商店街を抜けたところに、小さな児童公園があった。理人はそのベンチに座る。

――お母さんもお義父さんもずっと君のことを待っているよ。

理人はしばらく立ち上がれずにいた。

2. 中里一也(29)の場合

この沈黙がいったいいつまで続くのだろう、と中里一也は思う。

前に座る江原くるみにはそれをやぶる意志がまったくないようだ。軽く微笑みながらこちらを見ている。

それがまた、つらく、厳しく、癇にさわる。

まるで、更年期の夫婦のような。いや、一也はぎりぎりとはいえ二十代だから、本当の更年期というのは知らないわけだけれど、茨城に住む五十代後半の両親はこんな感じだ。

前はこんなんじゃなかった。少なくとも三年前は。

江原はひっきりなしにしゃべってくれたし、ひとたび一也が口を開けば、いつも持っている、人一人くらいなら軽く殺せるんじゃないか、と思うほど厚く堅く、重そうな手帳を開いて、一言ももらさないとばかりに耳を傾けながら必死にメモを取っていた。

それが今じゃどうだ。手帳は一応、机の上に置かれながら、それに手を伸ばす気配すらない。固く固く閉じられている。まるで、処女の股のように。

心中とはいえ、我ながらつまらない比喩をしたものだ、と舌打ちしたいような気持ちになる。昔はもう少しましな例えが見つかったのに。

渋谷（しぶや）にはめずらしい純喫茶。コーヒーは一杯千円するが、静かに話せる場所と言ったら、他にはホテルのラウンジくらいしかない。だから、江原と会うのはいつもここだった。

前は数週間に一回は会っていた。いや、週に一回、数日に一回という時も。一也が呼び出せば、江原はどこにでも飛んできた。だいたい、呼び出すまでもなく、こまめに連絡をくれたし。

それが一か月に一度になり、三か月に一度になり、半年に一度になり。

ふっと思う。もしかしたら、次の連絡はないかもしれない。一也がメールするまで。

もしくは、書けた原稿を送るまで。

あれ、最後に質問したのはどちらだっけ。

どちらが質問して、今はどちらが答えるべきタイミングなのか。

「あの、もう一度、言いますと、私、原稿を書かない作家さんの気持ちがわからないんですよね。いったい、どういうお気持ちでずっと引き延ばされているのか。ぜひ、教えていただけませんか」

そうだった、この女が失礼な質問するから、一瞬、気が遠くなっていたんだった。

これがにやにや笑っていたり、涙ぐんでいたりしたら、どういう気持ちで尋ねているのかわかりそうなものだが、至って生真面目（きまじめ）に穏やかな表情だから読みとれない。まあ、半分は編集者としての旺盛な探求心、半分はバカにしているんだろう。

当然、昔はこんなこと聞かなかった。

最初の一年目は「編集長や他の編集者は、中里さんにぜひ次を、一日も早くと言っておりますが、私は急ぎません。じっくり時間をかけて、最高の受賞第一作を書いてください」とおっとりと笑っていたのだ。それが次の年には「大作じゃなくてもいいんです。何か、ちょっとした作品でいいんで、書いてみましょうか」となり、「次の年の受賞者さんの受賞第一作が先に出てしまいます！」という叫びに近い声となり……文字通り、なだめたりすかしたり、懇願したり、突き放したり、褒（ほ）めたり、脅迫したり……されながら、次の原稿を催促されてきた。

「さあ、どうだろうねえ」

嫌味など利かない、世間知らずでおおらかな性格の若き天才純文学作家、というどうしても手放したくない肖像にそった表情と答えを頭の中ではじき出し、一也は答えた。

「受賞作は書けたんだから、最低でも、文章は書けるわけですよねえ」

さすがにむっとするが、彼女はもうこちらを見ていない。自問自答の域に入っている。

「もう、書くつもりはない、というなら、こちらも対処する方法はありますし、というか、もう、ご連絡差し上げる必要もなくなるわけですけど、中里さんはそういうわけでもないじゃないですかあ。時々、次作のアイデア？　エピソードみたいなのを話してくださるし、こうして呼び出せば出てきてくださる。やる気、書く気はあるってことですよね？」

「えーと、だから」

「名刺にもいまだ、小説家って刷っていらっしゃるわけだし。あ、私はいただいてないですけど、去年のパーティの時に、編集部の後輩に渡しているのを見せてもらいました。Ｔｗｉｔｔｅｒもブログも、文士って肩書きにされているし。まだ、書くつもりはあるってことでいいですよね？　結構、頻繁に更新されてますし」

一也が口を開こうとすると、手のひらをこちらに向けて止められた。

「いや、これ、嫌味とか非難とかじゃないです」

嫌味とか非難だと思われるとわかってて、言っているのか。

「正直、あの文章読むと、やっぱり、中里さんの文体だなあって懐かしくなります。少なくとも文体は健在なんだ、本物なんだって。私を含め、編集部はあれに惚れたわけですから」

惚れた。悪い気はしない。心の中に刻みつけておこう。

ま、中身はともかく、と彼女が小さくつぶやくのは聞き流すことにした。

「だから、受賞作を別人が書いたわけではない、ということも証明されますしね」

そんなこと疑ってたのか、と驚く。

「もちろんですよ」

「でも、やっぱり不思議なんです。受賞作、三百枚近く書いてくださって、その一言一言が輝くような作品でした。あの時……おいくつ？」

「さあ、どうだったかな。確か、二十五から六になる季節でした」

知らないわけない。彼女は同い年なんだから。

「そうでした。二十五の若者が書いたとは思えない、老練した書きぶりで、構成もしっかりしていて、瑕疵が見当たらない成熟した、でも瑞々しい作品でした。残念ながら、そのあとのB賞は逃しましたが」

それは、純文学の新人作家が誰でも目指している賞で、一也はデビュー作がそのままノミネートされたのだった。

「すぐにでもざくざく作品を書いてくださると期待していました。いや、ほとんど確信していたんです」

それなのに、という言葉の代わりに、彼女は上目遣いでこちらを見た。

何言ってるの、僕はぜんぜん気にしてないよ、という顔で一也は微笑んで見せた。

江原はあきらめたようにため息をつく。

「私たちがお願いしているのは、大作じゃありません。百枚程度の中編でいいんです。また、B賞の候補になるためには。一日に一枚でも書けば、三か月で百枚近くになるわけじゃないですか。単純計算でも。土日休んだとしても月に二十枚、五か月で百枚。一日、一枚でもですよ？　いや、一週間に一枚でも一年で約四十八、二年でほぼ百枚。でも、もう三年は経ってます。その間、何をされてたんですか」

「そんなロボットみたいなことできないよ」

「ああ、そうですか」

平坦なトーンで答えて、彼女は口をすぼめた。そうするとお婆さんみたいに見えるよ、と言おうとして、飲み込んだ。

本当に、年を取った気分なんだろう。

また、しばらく、沈黙が流れる。

その間、一也はずっと微笑んでいた。

「私ね、ずっと自分を責めてきました」

「どうして？」

「前任者から引きついだ作家さんは別として、中里さんは私の最初の担当作家さんでした。しかも、まるっきり新人で自分と同じ年で、受賞作がすぐB賞の候補作になるような天才で」

歳、忘れてないじゃないか。

「私も編集三年目で未熟でしたけど、あなたの小説に惚れ込んで、ぜひ、担当させてくださいって会議で頼んだんです。反対もあったけど、同い年だからこそうまくいくんじゃないか、と編集長が了承してくださって本当に嬉しかった。だから、今の今まで受賞第一作が書けてない未来なんて想像もしてなかった」

頰に張り付いた微笑みがこわばってきた。

「もっとベテランの編集者だったら、とっくに次作を仕上げていたんじゃないかって、悩んだこともありました」

さすがに頰と口角が疲れてきた。もう我慢できなくなるかもしれない。

「だけど、皆に慰められるんです。くるみちゃんのせいじゃないよ、そういう人もいるんだよって」

もう、彼女は完全に自分の世界に入ってしまって、こちらを見ていない。一也も表情を作るのをやめにした。

それなのに、急にこちらを見る。慌てて、笑顔になれなかった。

「で、結局、あなたは書けない作家なんですか、書かない作家なんですか」

その問いを、真顔で受けてしまった。

「それから、いったい、今は何をして食べているんです？」


「打ち合わせ、お疲れさま」

江原との打ち合わせを終えて、ラプンツェル商店街に戻ってくると、すでに夜月のスナック「三人屋」が開いている時間になっていた。

くたくたに疲れて、転がり込むようにドアを開けた。まだ宵の口だから、他の客はおらず、夜月と最近、よく手伝いに来ている、近藤理人がいるだけだった。

夜月はすぐに、熱いおしぼりと生ビールを出してくれた。

「どうだった？　大変だったでしょ？」

「まあね」

「まずは飲んで、ゆっくり休んで」

もう、肩でももみ出しかねないほどの歓迎ぶり。

隣で、理人が仏頂面で立っているから、夜月の満面の笑みがよけい目立つ。

一也がビールをぐっと空けると、カウンターから夜月がいそいそと出てきて、隣に座った。

「理人！　こちらさんに、おビールもう一杯」

「呼び捨てにすんじゃねえ」

使用人らしからぬ言葉遣いで怒鳴り返しながらも、理人はしぶしぶビールをサーバーから注いでいる。泡の方がいっぱいになってしまって、手にビールがかかったのを尻のあたりでちっと舌打ちしながら拭いた。

「ね、編集者さん、なんか言ってた？」

言ってたも何も、新作原稿を三年も待たせているんだから、それは催促か苦言かのどちらかしかないわけだけど、彼女にはわかりはしない。

いや、彼女のみならず、普通の人は作家がどのくらいの量の原稿を書くかだとか、どのくらいの頻度で原稿を書くかだとか、作家と編集者の関係だとか、ほとんど知らないし、興味もないんだから仕方がないのかもしれない。

「まあ、一日も早く新しい原稿を読みたいって。楽しみにしてますって」

嘘だ。今日はもう、催促さえされなかった。ただ、なんでお原稿書けないんでしょうねー、不思議だ、不思議だ、と言われただけだった。もう催促さえもされない作家になったのだ。

自分が嘘をつくと、現実はさらに重くのしかかった。

「そりゃあ、そうだよねえ。一也くん、天才なんだもん」

「ただ、ちょっと、別に三十枚くらいの短編小説の依頼を受けた」

それは嘘ではなかった。

まあ、長編が書けないならこんなのもあるんですが、やってみます？　と言いながら、江原が面倒くさそうにバッグからプリントを一枚出して渡してきたのだ。

「八月号で『夏の思い出』をテーマに何人かの作家さんに短編小説を書いていただくんですよ。まあ、競作といいますかね」

「夏の思い出……」

「漠然としてますよね。だから、どこかに夏が入ればそれでいいんです。または、夏を感じさせる何かがあるとか。あまり、テーマを強く意識されなくてもいいです」

「ふーん」

「締め切りは五月末です」

「え？　八月号で？　もう、四か月くらいしかないじゃないですか」

「まだ、四か月もある、って言ってほしいんですけど？　三十枚ですよ？」

思わず、返事ができなくて、ぐっと詰まってしまった。

「八月号って七月の始めに出るんですよ？　もう、うちの発売日も忘れました？　ってことは六月の終わりが校了ですから、中里さんには最低でも五月末には出していただいて、一か月でいろいろ直して、やっと載せられるわけですよ。いや、そこまで直してやっと、もしかしたら、載せられるレベルまで達するかもしれない、と言った方がいいかもしれません。没になることもありますから。まあ、ダメそうだったら無理しないでください。本当に、無理しないでくださいね。もちろん、中編の方を優先していただいていいんですよ？」

重ね重ね、失礼な女だった。口調にも「どうせ書けないでしょ」と言いたげな響きがあった。

けれど、夜月にはそんなことは申告しない。

「なんか、他の作家さんも書くらしい」

「へえ、どんな人？」

「間部（まなべ）あかりとか、渋沢健一郎（しぶさわけんいちろう）とか」

「えー、皆、超有名人じゃん」

確かに、そうそうたるメンバーなのだった。他に一也と同じ賞を取った、ある意味「同僚」とでも言えそうな作家が何人か同じように頼まれているらしい。

「すごい、一也」

そして、おもむろに、ボーイの理人の方を見る。

「おい、理人聞いてるか？」

「あいよー」

理人はグラスを磨きながら、面倒くさそうに答える。

「あんただって、間部あかりくらいは知ってるよね？」

「一也は、枯れ木も山のにぎわいってやつでしょ」

「うぜえんだよ、お前。人の彼氏を枯れ木呼ばわりすんじゃねえ。そういう性格だから、ジジイにさえ、捨てられるんだよ」

「まだ、捨てられてない」

「もう、捨てられたも同然だよ」

すると、理人はグラスを放り出し、布巾を目に当てて、「わーん」と声を上げた。

「ババアがか弱いゲイをいじめる。ヘイトだー。レイシストだーこれは差別だー、ネットに実名と店名を書き込んでやるっ。あーん、あーん」

芝居がかっていたが、あまりにも大きな声でびっくりする。

「うるさいよ。バカか。人をババアって呼んでおいて、何を言う」

夜月は一也の方を見て、にっこり笑う。

「ごめんねえ。天才作家さんにこんな汚い言葉をお聞かせして」

これが冗談だったらまだいいのだが、夜月はほぼ大まじめなのだから、一也の方がちょっと居心地が悪いほどだった。

「それよりもさ、理人君のこと、ちょっと話聞けないかな？　今度の短編に、彼らみたいな人のことを書くっていうのも考えているんだ」

本当に、帰りの電車の中でずっと考えてきた。夜月から前に少し聞いたところでは、彼は九州の資産家の義理の息子で、名門高校を卒業したあと、新宿二丁目に家出してきたらしい。そのあと、豆腐屋に拾われて愛人稼業をしている。話を聞けば、きっとおもしろいものが書けそうだ。

理人は投げ出した布巾を拾い上げ、ぎゅっと両手で握りしめて顎のあたりに当てた。

「ええええー！」

一緒に、体をくねらせる。

「B賞の候補にもなった、天才若手作家さんがあたしの話を小説にしてくださるんですかあ？　なんて光栄なことでしょう。ぜひ、よろしくお願いします！」

そう言ったとたん、今度は布巾をグラスに投げつけた。

「とでも言うと思ったか、腐れバカか？　誰がお前なんかの腐れ小説のモデルになんかなるか、腐れボケ。寝言は寝て言え。てか、こんなとこで腐れ酒飲んでる暇があったら、早く帰って一行でも書けや。一枚でも書いてから、小説家、名乗れや、この腐れヒモ野郎が」

一回の会話の中に、「腐れ」ワードの回数、多過ぎないか。

「バカ野郎」

夜月が、一也が反応する前に怒鳴る。

しかし、理人、いつからこんなに口が悪くなったんだ。ついこの間まで、客に何か言われても言い返せず、ちんまりカウンターの隅に立っていたのに。夜月の口調が移ったのか。まるで姉弟のようだ。

一也は言い返すよりもぽかんとしてしまう。

「お前、うちの布巾を投げるな。布巾はあんたの小道具じゃないんだよ」

怒るとこ、そこか。

「それに、大切なお客様に、その答え方はないでしょ」

布巾のあとに、やっと一也。

「客じゃないじゃん」

理人は言い捨てて、奥に入っていった。お金払わないんだし、という歌うような声が奥から聞こえてきた。

「ごめんね」

夜月は一也の方をむいて、にっこり笑う。

「でもね、理人の言うことも一理あるね」

「何が？」

あんまりいろんなことを言われたので、彼女が指しているのがどれだかわからない。

「理人のことを書くのって、一也には合わないと思う」

ああ、そこか。

「どうして？」

「うーん」

夜月は曖昧に笑う。

「なんとなく、ね」

「僕には書けないっていうの？」

「そんなことないけど、一也にはもっとぴったりした題材があると思うよ」

夜月はそれ以上答えなかった。


八時を過ぎると、ぽつぽつと常連たちが集まりだしたので、夜月がちらっとこちらを見たのを皮切りに、店を出た。

愛人が、商売の場所にうろうろするわけにもいかないもんな。

帰りの道々、どこか自嘲気味につぶやく。

けれど、実は、悪い気はしていない。

年上の水商売の恋人に、さりげなく店から追い出されるのって、なんか昭和の文豪、いや、戦前の文豪のようで悪くない。

一也は駅から十三分の、夜月が借りてくれているワンルームマンションに帰った。

管理費込みで四万五千円、六畳ほどのフローリングの部屋にユニットバスと小さなキッチンが付いている。日当たりが悪い物件なので、一階にコインランドリールームもある。

清潔だし、静かだし、一人住まいに最低限のものがそろっている。悪くはないが、狭くてつるんとしていて、まるで棺桶のようだ、といつも思う。

今夜のように酔って帰った日にはなおさらだ。

これも夜月が買ってくれたマットレスの上にごろりと寝転がる。気がつくと眠ってしまっていた。

人の気配を感じてふっと目を覚ました。夜月が真っ暗な部屋のキッチンで水を飲んでいた。

「夜月さん？」

「ごめん、起こしちゃった？」

すまなそうに謝るが、起こすために音を立てた、ということはわかっている。

「うん」

一也が返事をすると同時に、夜月はマットレスの空いている部分に弾みをつけて横たわった。そのまま、煙草を出して吸い始めた。

ゆっくりと漂う煙を目で追った。

この部屋で煙草を吸うのは夜月だけだ。

「何時に終わったの？」

頭がぼんやりしたまま尋ねた。

「一時頃かな」

三人屋の閉店は十二時のはずだから、少し延びたことになる。

「なんかあったの？」

ほとんど反射的に言った。

夜月はぐちぐちと、なかなか帰らない客たちの悪口を言った。

彼女はここに住んでいるわけではない。もう少し駅に近い2Kの木造アパートを借りている。ここは、彼女が「従業員の寮」として経費として落としているのだ。実際、休日、店の酒類をまとめ買いする時、ラプンツェル商店街のイイジマスーパーから借りた軽トラックの運転手だけはやっているから、あながち脱税でもないはずだ。給料として小遣い程度のお金ももらっている。

彼女は必ず、毎晩来るわけではない。店からは遠回りになる。それなのに閉店後やってくるのは、よほど愚痴りたいか、泣きたいか、セックスがしたいか、その全部か。

今日はなんなんだろうか。話の調子で探らなければならない。

愚痴はまさに、そのトラックを借りている、イイジマスーパーの息子、飯島大輔のことだった。

「あいつ、別の店の帰り、十一時半頃来やがって、それもキャバクラの女の子と一緒にアフターで来やがって、べろべろに酔っぱらっててさ。ぜんぜん帰らないの。本当にむかつく」

「……そうなんだ」

彼と夜月が昔付き合っていた、というのはなんとなく耳に入っていたが、別に嫉妬したり、気になったりはしない。適当に返事をしておけば、きっといつかは収まる。

「きれいな子だった。今、新宿でナンバーワンなんだって」

「ふうん」

そこで夜月は黙って、じっと自分が吐いた煙を目で追っている。

「どうしたの？　その子に嫌味でも言われた？」

「……新宿でナンバーワンの子が、そんな頭の悪いことはしないよ。性格もそこそこよくなくちゃ、そこまで成績は残せないしね。ちょっと年上のお姉さんくらい、簡単に転がせる頭がないと」

「そうなんだ」

「あたしにも、覚えがある」

「そうなんだ」

相づちのボキャブラリーもつきた。

「アフターで、年上の女がやってる他の店に行くの。つまらないし、気を遣うし、疲れるし……でも、そこはかとなく優越感もある」

「そんな……夜月の方がずっときれいだよ」

「そんなこと聞いてるんじゃねえんだよ」

夜月の言葉遣いが荒い。理人に彼女の言葉が移ったかと思ったが、逆かもしれない。理人から夜月なのかも。

「ごめん」

「あんたは黙って聞いていればいいんだよ」

「ごめん、ほんと」

「……なんてね。なーんちゃって」

夜月は慌てたように付け加えたが、どこからどこまでが本心かわからない。

「自分の未来に、場末のスナックの女の姿が見えないわけじゃない。だけど、やっぱりどこか他人事よ。あそこまで歳をとるまでには、私なら金持ちのいい男と結婚しているだろう、お母さんになっているかもしれない。最悪でも、店の一軒も出しているだろう……きっとそんなふうに考えてる」

　一也は答えを探しあぐねて、夜月の首に手を回し抱き寄せる。

　夜月は煙草を一也から遠ざける振りをして、その手から逃れた。

　なぜ、それがわかったかと言えば、マットレス脇の灰皿（夜月のためだけに置かれている）に煙草を押しつけたあとも、彼女が一也の胸の中に戻ってこなかったからだ。

　何か、機嫌を損ねてしまったらしい。しかし、その地雷がどこにあったのか、一也にはわからない。

「夜月はどうしてあの店を始めたの」

　一也は話を変えるつもりで尋ねる。

「うん？」

「なんで、あの店を始めたのか、って」

　あの店は、姉妹三人でやっており、末っ子の朝日（あさひ）が朝食の喫茶店を、ランチには次女のまひるが讃岐（さぬき）うどん屋をそれぞれ開店したということは知っている。現在、就職した朝日の朝食屋は開店休業状態になっていることも。

　一也は別の時間帯には顔を出したことはない。同じ家族がやっていると知っていても、夜まではまったく知らない場所のようにさえ感じるから。

「あれは、父の店……いや、父と母の店だったから」

　夜月は、彼女の両親があそこに喫茶店を開き、苦労しながら三人娘を育てローンを返し、姉妹たちに店を残したことを話してくれた。そうしているうちに、彼女の機嫌も少しずつ晴れてきたようだった。

「あたしたち、仲は悪かったけど、あの店を売ったり畳んだりするのは嫌だったのよね。それで、三人別々に店を始めて」

「なるほど」

「父はなかなかの音楽家だったのよ。ちゃんとレコードも残っている。でも、あたしたちのために音楽を諦めた」

「そうだったんだ。すごいね。レコード、店とかにあるの？」

「ちゃんとあるよ」

「じゃあ、それ、聞かせてよ」

「いいよ。また、明日。おやすみ」

彼女が一也の頰に小さくキスをして、それと同時に一也は深い眠りに入った。

一也が夜月に出会ったのは、友人に連れられてあのスナックに来た時だった。連れて行ってくれたのは、大学時代の友人だ。

学生時代、一也は文学部に通いながら、普通のアウトドアサークルに入っていた。賞を取って、編集者に反対されながら、会社を辞めた。同窓会に行ったのは小説家になって三年、新作を書いてなくても、落ちぶれたと思われたくなかったからだ。スーツ姿の友達はまぶしかった。一也は三年前、授賞パーティのために新調したスーツを着ていった。流行遅れだとバレないかヒヤヒヤした。でも、皆、「作家の先生だ」と言ってくれて、ちやほやしてくれた。誰も一也が三年原稿を書いていないことさえ気づいていなかった。

ちょっとおもしろい場所があるんだ、そんなふうに言われて、同窓会のあとに連れてこられたのが「三人屋」だった。誘ってくれた久田と一番仲がよかったのと、断る勇気もなくて金もないのについて行った。

その数日前に、自分の貯金が尽きているのに気づいていた。しかし、本当に金がないと「金がない」と言えなくなるのも、当時、知ったことだった。

古い純喫茶風の造り、店内で街の常連がたむろしている感じ、きれいでものの わかった年上の女性……いかにも「場末のスナック」の雰囲気が、彼らには「ちょっとおもしろ」かったのだろう。昔は、自由でバンカラな校風で有名だったけれど、現在は裕福な家庭のお坊ちゃん、お嬢ちゃんが通っている、誰もが知る私立大学の代名詞の大学の卒業生たちには。いや、自分たちにはこんなところの良さがわかる、ということを見せびらかしたかったのかもしれない。

最初、普通に接客していた夜月は、常連たちがいなくなると浴びるように酒を飲み始め、カウンターの一也たちの隣に座って泣いた。

「向こうがさ、つき合ってほしいって言ってきたんだよ。頭は禿げてるし、服はダサいし、ケチだし、別にこっちは好きでもなかったのに。関係ができてから他の女がいるっていうの、卑怯じゃない？　しかも別れてからも、いつまでもいつまでも、このあたりをうろうろしやがって。あたしがどんな気持ちでいるのかも知らないで」

「どんな気持ちなんです？」

一也を連れてきた久田が楽しそうに尋ねる。彼にとってはこういうのも、「スナック」というアトラクションで起きる出し物の一つでしかないのだ。

「そりゃ、最悪な気持ちよ。バカにしているよね。なんであたしが嫌な気持ちにならなくちゃならないの？　向こうが悪いのに。全部向こうが悪いのに」

べろべろに酔っぱらった夜月は、何度も同じ言葉をくり返した。

「……夜月さん、この人、作家の先生なんですよ。自称作家じゃなくて、ちゃんと雑誌の賞を取った」

さすがに話に飽きたのか、久田が一也の肩に体重をかけて立ち上がりながら言った。

「話したら小説にしてくれるかもしれません。俺はちょっとトイレ」

彼が去ると、夜月はとろんとした顔で一也を見た。

「あんた、作家なの？」

　そう、あの日すでに、夜月は初めて会った一也にタメ口だった。

「……編集者には単行本三冊出して、文庫も出さないと作家とは名乗っちゃいけない、と言われています。だけど、世間的にはまあ作家でしょうね」

「何言ってるか、ぜんぜん、わかんない」

　冗談じゃなく、真顔で夜月は言った。

「作家と名乗るほどじゃないけど、まあ、そうです、ということです」

「めんどくさい男だな」

「すみません。よく言われます」

「作家の先生は何？　今は何書いているの」

　夜月は酔いすぎて、頭を上下にがくがくさせながら尋ねた。

　そこまで酔っている女に、あの時、僕はどうして本当のことを言ったのだろう、と一也は今でも考える。

　同級生には言えない、両親にも話せない、友達にも、作家仲間にも、実は、編集者にさえ本当のことは話したことがないことを。

「……書いてないんです」

「は？」

　夜月はがくがくさせていた頭を、眠そうに持ち上げた。

「はあ？　今なんて言った？」

その時だって、ごまかすことはできたのに。その、小説と名のつくものはほとんど読んだことがないだろう、ということはちょっと話せばすぐにわかるような女に真実を告白していた。

「だから、書いてないんです。ぜんぜん。一字も。書こうとしても何も思い浮かばないんです」

「ふーん」

夜月は人差し指で一也の顔を指して端的に尋ねた。

「なんで」

「なんででしょうね」

自分でもわからなかった。ずっと。

「じゃあ、お金はどうしてるの？」

「え」

「お金に困るでしょう」

「就職してた頃の貯金と、賞金と、印税でなんとか……誰にも言わないでください」

夜月は自分の胸のあたりを叩いた。また、頭ががくがく動く。

「あたし、水商売の女よ。この道一筋二十年。客の秘密をばらしてどうするの。誰にも言わないわよ」

「ありがとうございます」

「じゃあ、お金ないでしょ」

お金に困る、お金ないと、お金のことばかりくり返すなあ、と思った。

「はあ」

「たくみちゃん」

その時までじっと黙っていたカウンターの男（当時はまだ理人じゃなかった）に言った。

「レジから一万出して」

男は無表情で一万円を夜月に渡した。

「これ」

一也に握らせる。

「持って行きなさい。取っておきなさい」

「こんなもの、もらえませんよ」

慌てて返そうとすると、ぐいぐいと上から手を握られた。

「いいから」

その時、友人がトイレから出てきて……女に金をもらっているところなんて見られたくなくて、夜月の手が思った以上に細くて柔らかくて、そして、やっぱり一万は貴重で……一也はうっかり受け取ってしまった。

翌日、店が開く前に訪れると、夜月はすっぴんのジャージ姿で店の掃除をしていた。

「ああ。あんたか」

一也の顔を見ると、ぶっちょう面のまま、うなずいた。

「昨日はすみません」

夜月に茶封筒を渡した。

「何、これ」

夜月はそれを開けた。小さな、薄い手のひらに五千円と千円札、小銭がじゃらりと乗っかる。

「九千五百七十円……何これ」

「すみません。あのあと、一緒に来てた久田とファミレスで時間をつぶしたんですが」

三人屋が閉店したあと、最終に乗り損ねてファミレスに行った。三人屋の支払いは久田がした。

「お金がなくて使っちゃって。ドリンクバーの代金の分だけ使いました。一万円ピン札でお返ししたかったんですけど、預金口座に一万がなくて」

「ふーん」

夜月は金と一也をかわりばんこに見ていた。

その顔は昨夜見た時よりずっと若く見えた。すっぴんでジャージの方が若く見える女はめずらしい、と一也は思った。一也やその同級生の女と遜色ない。いや、昨夜の同窓会に来ていた誰よりもきれいだと思った。

あの頃の一也には、夜月が本当は純粋ないい人であるように映っていた。夜月の上に、川端(かわばた)や荷風(かふう)が描いた、商売女の処女性を勝手に夢見た。

「いつかお返ししますから」

「まあ、お茶でも飲みなさいよ」

夜月はカウンターに入って、グラスにウーロン茶を注いだ。

「あ、でも」

「これはただだよ」

初めて、にっこり笑う。

「あんた、それで、これからどうするの？」

一也がお茶を一口飲むと尋ねてきた。

「……どうしましょ」

「しかたないわね」

「はい」

「うちに来る？」

それが、うちで働くか、なのか夜月の部屋に来るか、ということなのか、わからないままうなずいていた。なんだか、年上のお姉さんにすべてを決めてほしかった。誰かに未来を決めてもらう、心地よさに酔っていた。

一万円が、夜月が年下の若い男を落とす時に使う手だ、ということも知らないで。


一か月後、再び、江原くるみに呼び出された。

――短編のお原稿を持ってきていただけることなんて期待しておりませんが、何を書くかくらいは教えていただけないでしょうか。

メールにはそう書いてあった。

ということは、江原はまだ、一也を諦めていないということだ、と良く解釈し、他の嫌味には目をつぶって会うことにした。

また、渋谷の純喫茶で待ち合わせする。

江原は先に来ていて、何かの原稿を読んで待っていた。

「お忙しいところ、お呼びたてしてすみません」

一応、頭を下げられる。社会人としての礼儀はできている女だった。

「あれからどうされているかな、と思いまして」

「ま、いろいろ考えてはおりますが」

用心深く答える。

「どんなことを考えているんですか？　ざっくりとでもいいので教えてもらえないでしょうか」

さすがに、小説のことになると言葉遣いが改まった。

「フルート奏者の話なんですが」

「え、フルート？　中里さん、そういうの、詳しかったでしたっけ？」

「いや、そういうわけじゃないですけど」

「まあ、いいか。で、どういう話なんですか」

「昔、小さなオーケストラにいた人の話で……」

それは、夜月から聞いた、夜月の父親のことだった。

夜月の父親は才能あるフルート奏者で国内の音楽大学を首席で卒業した。オーケストラに入ることを望んで多くのオーディションを受けたがことごとく落ち、さまざまなオケの欠員を日雇いで埋める、その日暮らしのエキストラの仕事をしていた。数年後、やっと小さなオーケストラに入ると妻に子供ができ、その給料では生活できず、音楽をやめて喫茶店を始めた。ただ、そのオーケストラが出した一枚のレコードに音が残っている……。

ほとんど夜月の話の受け売りだ。

実は、彼女に、小説にすることの承諾は取ってない。ちゃんと話を聞こうとしてメモを出したら嫌な顔をされて、それから小説にするとは言ってないのだ。だけど、あれだけ、一也の作家活動に協力的な夜月なのだから、改まってちゃんと話せば許可してくれるはずだった。

「ふーん」

江原は両手を組んで天井を見上げた。

「たった一枚のレコードが残っているってちょっといいかな、って思って」

「うーん」

江原は、今度は組んでいた手をほどき、片手を頬に当ててうなる。

「それで、何を描きたいんですか？」

「え？」

「まあ、きれいなお話だと思うんですけど、その話で中里さんは何を訴えたいんですかね？」

「え、訴えたいと言いますか、それほど強いことは……彼は音大でも一番の実力の持ち主だったのに、結局、喫茶店をやっているってかわいそうかな、と思って」

「才能ある人間の成功と挫折みたいなものですか？　才能あっても運がないと食べていけない、とか？」

「まあ、そうかもしれません」

「それならいいかもしれないけど……なんかちょっと、中里さんから聞いた話だけだと弱い感じもしますねえ。三十枚の短編だからいいんだけど、それでも読者の心に少しは残るものがないと」

「はあ」

「できますかね？」

「うーん。そこまでは考えてなかったんですけど」

「考えましょうよ」

「はあ」

なんとなく沈黙になってしまう。中里は一杯千円の、苦い苦いコーヒーを飲む。

「もう一つあるんですが」

「え、まだあるんですか」

「ええ、まあ」

そちらも、まだぜんぜん許可が取れていないのだが、江原の反応があまりにも悪いので仕方なく話した。

「若いゲイの男の子の話なんですが」

理人のことを、やっぱりそのまま話した。

「へえ」

江原が少し笑ってくれたので、嬉しくなって、彼のことを知っている限り説明した。

「おもしろい人ですね」

「でしょう」

「だけど、それもまた、何を描きたいんですか、中里さんとしては」

思わず、黙ってしまう。

「やっぱり、何か訴えるというか、テーマがないと」

何、この展開。少し前の録音を巻き戻しているみたい。

「LGBTへの、地方の無理解を訴える、とか?」

「いや、あのその……それがいいならそうしますが」

「おもしろい話だと思うんですが、それ、主人公の男性が一番おもしろくて魅力的で、じゃあ小説にするにはどうするの? って感じ。その男性には会ってみたいですけど、中里さんが書いた小説がそれ以上におもしろくなる気がしない」

きついことを言ってくれると思う。けれど、一也自身も同意しそうになった。

「それに、センシティブな内容ですからね。中里さんが書ききれるかどうか……三年前なら諸手（もろて）を上げて喜んだと思うんですけど、今はブランクがありますから」

　これまた、さらにひどいことを言う。つまり三年間の成長がないどころか、低下している、と言っているのだ。

　さすがに黙ってしまった一也に向かって、江原が慰め顔に話し出した。

「実は、この短編競作、同じことを野上（のがみ）さんにもお願いしているんですけど」

　野上徹（とおる）は一也より三年先に同じ賞を取った作家だった。年齢もちょうど三歳年上で、一也とは同じ歳周りで賞を取ったことになる。やっぱりB賞の候補になりながら受賞はできてなかった。けれど、その後、精力的に作品を発表し、もう、何冊も本を出している。一也とは比べものにならないが、密（ひそ）かに意識している作家でもあった。

「その時に、中里さんにもお願いしているんですよ、って話になって」

「はあ」

「野上さんから、中里君、今何しているの、って聞かれて、お話ししたんですよ、この間お聞きしたこと。年上の女性とつき合っているみたいですよ、って」

　え、そんなこと話しちゃったのか、という驚きもあったが、二人が自分を話題にしてくれたというのが、意外と嬉しくて怒れなかった。

「そしたら、めちゃくちゃ、おもしろがってくれて」

「へえ、そうですか」

「中里君、それを小説に書けばいいのに、って言ってました、野上さん」

「それを?」

「今の中里さんの状況を。小説が書けなくて、水商売の女性に世話になっている状況を。その本当のところの気持ちを書けたらすごくいいのに、って。中里君が書かないなら、ご自分が書きたいって言ってましたよ」

江原の満面の笑みを受け止めることができなくて、うつむく。

「で、私、聞いてみたんですよ、野上さんに。じゃあ、野上さんには書かない作家の気持ちがわかるんですかって」

声も出ない。

「野上さん、うーん、てすごく考えて。ほら、まじめな方ですから。そして、僕にはわからないなあって言ってました。『僕にはどうしてもわからない。せっかく、受賞というチャンスをもらいながら書かないのは、もしかしたら、中里君が僕よりずっと恵まれているからかもしれない』って。野上さんもここまで来るのに苦労されてますからねえ」

一也の頭はさらに低く低く、首がもげそうなほど深く垂れた。

重い頭を抱えながら、一也はラプンツェル商店街に戻ってきた。

「自分の本当のことを書けばいいんですよ。他の人からの借り物ではなくて」

江原にはそんなことを軽く言われたような気がしていた。

自分のこと……一番手軽で、一番重い。

本当のことは書けない。年上の女性に世話になっているのはまだいい。けれど、彼女が深夜に訪ねてきた時になかなかその気にならなくて必死に五年前に別れた女とのセックスを思い出して勃たせようとしたり、お小遣いをもらえる日になっても渡されず、どうしたらそれを思い出してもらえるか悩んだりしていることは。

作家が書いている「自分のこと」というのは、書ける範囲と判断した、「自分のこと」なのだ。

本当の自分なんて書いてる人いるのか。

一方で、それができなくては、前に進めない気もした。

「おい、おいって」

後ろから名前を呼ばれた気がして振り返ると、理人がドラッグストアの袋と十六ロールのトイレットペーパーを下げて歩いていた。

「これ、持って」

断りもせずに、一也にペーパーを差し出す。

「え」

戸惑いながら受け取ると、そのまま並んで歩き出した。

「今さ、トイレットペーパーって、皆、省スペースの小さいやつになっちゃってるじゃん？」

前置きなしにいきなり話し始める。彼の癖なのかもしれない。

「はあ」

「それなのに、うちのは、絶対にそれじゃ嫌なんだって。本当にちゃんと前と同じ量のペーパーが巻かれているかわからないからって。年寄りって偏屈で嫌になっちゃうよね」

「ふーん」

「あれ、ぼくの話、ピンとこない？　もしかして、一也、トイレットペーパーも自分で買わないの？　夜月が買ってるの？」

気がつかなかった。なんとなく家にあるのを使っていた。確かに、夜月が買い足してくれて、補充してくれていたのかもしれない。

「やっぱり、ふざけた、腐れヒモ野郎だな」

店の中と違って、怒鳴りつけられたりはしなかった。けれど、急に顔を近づけてくる。

「ゲイはケチなんだよ。女と違って、知らない間にトイレットペーパーを買い足しておいてくれたりしない。感謝しなよ」

あははは、と笑った。

昼間の時間、そんなふうに素直に笑ってくれると、どこかかわいげがあった。もともと、芸能人みたいに整った顔立ちだし、その気のない一也でも悪い気はしなかった。

「それは、古屋さんがケチということ？　一般的にゲイがケチということ？」

「両方。まあ、ケチというか、経済観念がはっきりしている人が多いよ。使うところには使うけど、無駄遣いはいっさいしない、みたいな」

「ふーん」

いいこと、聞いた、と心の中に書き留める。

こういうメモがいったいいくつあるだろうか。三年間で。一つも生かされてない。

やはり急に、理人がチェーン系のカフェの前で立ち止まった。コーヒー、一杯二百円の店だ。今聞いた話と合わせて、思わず笑ってしまう。

「寄ってく？」

その笑みを承諾と取ったのか、理人はずんずんと店の中に入っていった。

「今日、編集者と打ち合わせだったんでしょ？」

先に商品を買って受け取るタイプの店だった。財布をしまっている一也に、理人が尋ねた。

「何で知ってるの!?」

「だって、昨日の夜、夜月が言ってたもん。大切な日なんだ、一也が偉い編集者さんに大切な仕事のことで会うんだって、でかい声で何度も何度も自慢してさ。スーパーの大輔にも話してた。たぶん、お客さん全員知ってるし、ってことは、この街の全員が知ってるし」

「げ」

顔をしかめると、理人はまた笑った。

当然のように、理人は一也にコーヒー代を払わせた。彼は店の中で一番高いキャラメルマキアートを、一也は普通のコーヒーを頼んだ。

不思議だ、と思う。彼といるとやっぱり、向こうが女……というわけではないが、どこかこちらが保護者、向こうが被保護者となってしまう。理人にはそういう力のようなものがあった。

夜月といればもちろん、こちらが被保護者になるのだけど。理人∧一也∧夜月、というわけか。しかし、理人が夜月と二人きりでいた時、その関係性が、必ずしも理人∧夜月となるわけではない気がした。それにこの不等号、本当にこの方向で合っているのか。理人∨一也、かもしれない。

「でさ、本当のところ、一也は小説書けてるの?」

「三人屋」に勤めるようになってから、理人はこの街の人間はすべて下の名前の呼び捨てにすることにしたらしい。それはともかく、自分は最近、誰かに会うと、いつも原稿の催促をされている。

「まあ」

「ぼくのこと、書くつもりなの？」

上目遣いでこちらを見る。

「いや……」

編集者に言ったこと、言われたことをそのまま説明した。

「やっぱり、わかってるわ、その人」

「何が？」

「一也がぼくのことを書くの、百年早いもん」

そして、また笑う。

「それは冗談として、結局、覚悟ができてないんだと思う、一也は」

「え」

「ぼくのこと書くなって言われたらすぐにやめるし、夜月のお父さんのことも中途半端、自分のことは絶対書けない」

「なるほど」

「なるほど、じゃないよ。何、今さら、納得してるんだよ。そんなに素直に人に言われた通り行動する人だから書けないって言ってるの」

「そうだよね」

気がつくと、書けてないということも認めてしまっている。夜月以外には本当のところ、認めたことはなかったのに。

「実を言うと、一行目から書けないんだ」

さらに踏み込んで、誰にも言ってなかったことを告白してしまった。

「ん？」

「内容とかはまあ考えついたとして、もう、一行目から何を書いていいのかわからないんだ。例えば、じゃあ、君のことを書くとして、最初の一行目に何を書いたらいいんだろうか。何のシーンから始めて、誰と誰が出てきて、どんな話をしたらいいんだろうか。いや、会話じゃなくて、君の心理のシーンでもいいんだけど、そういうのがぜんぜん思い浮かばなくなっちゃった」

「じゃあ、最初の第一作はどうしたの？」

「最初のは、就職活動と、その時につき合っていた子のことだからさ。就活中に恋愛がだんだんうまくいかなくなって、彼女が去っていったことをそのまま書いたから。彼女から内定がとれたことを聞かされて焦ったシーンから書いたし」

読んだ彼女には激怒され、その後、連絡もない。別の男と結婚して、DINKSできれいなマンションに住んでいる、と風の便りに聞いたことがあった。

その記憶もまた、筆を止めているのかもしれない。

「じゃあ、二行目から書いたらいいいんじゃない？」

「へ？」

「二行目。いや、二シーン目でもいいか。今、自分が思い浮かんでるシーンから書けば。あとから、一シーン目が思いつくかもしれないし、その二シーン目が結局、冒頭になるかもしれないし」

「理人君、すごいこと言ってくれるねえ。ありがとう」

「ほら、入試とかテストとかでも、自分が解けるところからやりましょうって教えてもらうじゃん。同じことだよ」

「すごい参考になった」

「けどさ」

理人がテーブル越しに身を乗り出してきて、何をするかと思えば、一也の襟元をぐっとつかんで引き寄せられた。キスができるほど顔を近づけてきて、思わず目をつぶってしまう。そのまま耳元でささやかれた。

「お前、おれのことを書いたら、承知しねえからな。あん？　本当に、お前の腐れ小説のモデルにしたりしたら、マジでぶっ殺すからな」

　低い声ですごまれて、うなずくことしかできなかった。


「一也？」

　夜月の声に振り返った。

「どうしたの？」

　はっとした。部屋は真っ暗で、机の明かりだけが光っている。

「今、何時？」

「二時だけど、夜中の」

「ああ」

　そんな時間だったのか。

　あれから、理人と別れて、家に帰ってきて、久しぶりにパソコンを開いた。そして、ほとんど三年ぶりに一行目を書いた。

　——覚悟はできているの？　と彼は言った。

「……書いてた。小説を、書いてた」

「ふーん」

　夜月はガサガサと音をさせて、コンビニの袋をキッチンの前に置いた。

めずらしく、何も話し出さない。店の愚痴も、理人の悪口もなしだ。

「疲れた？」

こちらの方が気を遣って尋ねる。

「そうでもない」

夜月は袋の中から缶酎ハイを出し、パチン、と開けた。床に座って飲み始める。

「なんか、久しぶりに書けちゃって」

頭の中が急に動き出した気がした。書いた後の、アドレナリンがたっぷり放出された感覚、興奮が冷めやらず、すべてを吐き出したい感じ。

編集者と話したこと、その後、理人と会って話したこと、憑かれたように夜月に説明してしまう。彼女は無表情で聞いていた。

ふっと途中で気がつく。夜月が一言も発してないことを。「あたしの天才作家さん」なんて言わないことを。「よく書けた、すごい」と褒めてくれてないことを。

「あ、大丈夫、夜月さんのお父さんのことを書いているわけではないから」

慌てて言いそえる。それを無許可で書いたりしていないことをちゃんと伝えたかった。

「もしかしたら、この後、ちょっと書くかもしれないけど、その時は夜月さんに許可取るし、ちゃんと読んでもらって嫌なところは直すから」

「……別に」

「え？」

「別にどっちでもいいよ、そんなこと」

そこでやっと彼女が本当に不機嫌なのだとわかった。

「どうした？」

「何が」

「どうかした？　夜月さん」

夜月は黙って、酒を飲んでいる。

「もしかして、編集者さんと会った後、夜月さんじゃなくて、理人君に最初に報告したの、悪かった？」

夜月は薄く笑った。

「気にするわけないじゃん」

「だよね」

夜月は飲み干したらしく、缶を潰した。あの細く小さな手でよくぐしゃぐしゃに潰せるな、と感心する。

「じゃ、行くわ」

「え」

「帰るわ、あたし」

意味のわからない、女の不機嫌に巻き込まれたことはこれが初めてではない。だけど、本当に理由がわからなかった。

玄関でハイヒールを履いている夜月の後ろに立つ。

「なんか、ごめん」

「別に、謝ることないよ」

でも、口とは裏腹に、彼女の顔は晴れていない。

「……書かないかと思ってたのに」

「え？」

「あんたは書かないと思ってたのに」

それだけ言うと、夜月は出ていった。

書かないと思っていた？

一也はそのまま、壁にもたれる。

書かないと、思ってたのか、彼女は。

彼女が必要としていたのは、「書かない自分」「書かない作家」だった。

ため息が出た。

ここを出なきゃいけないのかな、小さくつぶやいていた。

これからどうしよう。ここを追い出されたら、どう生活していこう。

仕方ない。

一也は小さく頭を振った。そして、机に戻ると、また、奮然と書き始めた。

3. 望月亘(30)の場合

今日も児童公園の前を通ると、望月亘と同じくらいの年頃の男がブランコに座ってぼんやりとこちらを見ていた。亘と目が合うと、うっすら微笑んで片手を上げる。

あいつはここんとこほぼ毎日、あそこに座っているか、こいでいるか、ぶらぶら歩き回っているか……とにかく、怪しさ満載の様子でたたずんでいる。若い男とブランコってかなりの強力アイテム。いや、子供以外が乗ると、なんでこんなにやばい感じが漂うんだろうか、ブランコ。百歩譲って若い女がギリ。

亘が地元の予備校に通っていた頃、近所の公園で生徒たちがブランコに乗っていただけで、通報されたことを思い出した。次の日から、「子供たちが怖がるので絶対に公園には近づかないように」と予備校からお達しが出たっけ……。

受験の苦い思い出がよみがえってきて、亘はそれを振り払うように、若い男に改めて目をやった。

初めて見かけた時は、向こうに気づかれないようにそっと見るだけだった。次は目が合って、その次は目が合うとちょっと会釈したり、笑ったりして、最近ではついに離れたままでちょっと挨拶を交わす仲になった。

いったいどういう男なのかな、親に世話になっているニートかなんかだろうか、と思ったところで、彼が立ち上がってこちらに歩いてきた。

うわ、やべ、あいつ、こっちに来ているよ。俺に話しかけるつもりか？　まあ、見た目、青いシャツにチノパンというこざっぱりした服装だし、そう悪い人間にも見えないが。

知らんふりして通り過ぎたかったが、亘が公園前を通りすぎるルートと、彼が歩いてくる延長線がばっちりかち合う。仕方ない。ここで急いで通りすぎたり、無視したりしたら、こっちが変な人だと思われるかもしれないし。

「おはよう」

亘の思惑にも気づかない様子で、彼は挨拶した。

「おはようございます」

職業柄、丁寧な口調がとっさに出てきてしまった。

「いい天気だね」

「そうですね」

「でも、午後から雨が降るかもしれないって」

「みたいですね」

それは、朝のニュースで見たから、亘も知っている。

「それから、明日は少しましらしい」

「ですよね」

それも知っている。亘も客と天気の話はよくするからニュースには気をつけているのだ。

「じゃあ、失礼します」

そう言って、その場を離れようとした時、相手がまた口を開いた。

「携帯屋の人だよね」

別れの挨拶をしたところにかぶさってしまったことが気まずかったが、お互いに知らん顔をする。

恥ずかしさ、きまずさ、小さな小さな。そんなことのくり返しで、毎日ができあがっているような気さえする。

東京の人間て、こういうごくわずかなことをお互いに無視することが得意だ。自分が生まれた場所の人々より。

亘だって、こういうことには慣れた。ほとんど毎日、初見の客を相手にしているから。

「あ、そうです」

「あそこはあれなの？　どこの携帯会社なの」

「格安スマートフォンの最大手を扱ってます」

どこが最大手かというのは微妙な問題だが、本社からそう言うことを決められている。

「ふーん」

じゃあ、とまた離れようとしたところに自己紹介された。

「はじめまして。僕、中里一也、作家なんだ」

「え？」

こういう、絵に描いたような自己紹介するやつ、今時いるんだ、と思う。しかし、そのあとがもっとやばい。

「小説を書いている」

そこまでもにこやかだったが、さらに白い歯を出してにっと笑った。

やべえ、本格的にやべえ。小説家なんて自分で言うやつ、やばいに決まってるじゃん。もう、目とか合わせたくない。

「あ、でも、自称じゃないから。一応、賞も取ってるし」

だけど、さわやかなんだよな、さわやかだから、どこかじゃけんに扱えない。

「あと、僕ら同じマンションだよね」

「え」

「気づいてなかった?」

一也はマンション名を言った。

うわ、住所まで知られているのか、と怖くなって曖昧に答えた。

「あ、はあ」

「僕、五階」

「そうですか」

「今度、ランチでも行こうよ。大丈夫、僕、本当に作家だから。怪しい人間じゃないから。本も出してるから。ほら」

スマートフォンに画面を出して、こっちに見せようとする。そのスマホが三年以上前に発売された機種で、画面がばきばきに割れているのを確認した。やはり、職業柄、そういうところには目が行ってしまう。

そこでまた、何度目かの「やべえ」気持ちになった。

画面が割れたスマホを持つ女性は結構いるが、男性はめずらしい。なぜか、若い女というのは画面の傷を気にしない。男でこれは、かなり貧窮しているか、変わり者と見た。

または、その両方か。

「ウィキペディアもあるし、Ｔｗｉｔｔｅｒもブログもやっているから」

「……わかりました」

　スマホの画面はろくに見ずに、諦めて小さくうなずいた。

「あの店、一人でやってるんでしょ」

「はい」

「じゃあ、お昼とかどうしてるの？」

「昼だけ、本社から営業の人が来てくれて、交代してもらいます」

「ふーん」

　彼は右上を見ながら、そり残したあごひげをいじった。

「三人屋に勤めてる、理人くんて知ってる？」

「え、いや」

「最近、彼と仲いいんだ。やっぱり、三人で夜、飲みに行こうよ。昼、そんなんじゃ、ゆっくりご飯も食べられないでしょ」

　途中まで適当に聞いていて、三人屋の名前がだんだん頭にしみこんできてはっとした。

「あ」

　小さくつぶやくと、彼がそうそう、と言うように笑った。

「僕は夜月さんと付き合ってるし、三人屋にかかわっている仲間でしょ」

亘はまたもや、曖昧にうなずいた。

こうして曖昧にしているまま、俺の人生はなんとなく曖昧に決まっていくんだ、と思いながら。


雑居ビルの裏の出入り口から入って、いつものように店を開けた。

シャッターを上げると、まだ、開店前なのに手押し車の老婆が待ち構えていたように入ってきた。

「どっこいしょ」

声をかける前に、正面の椅子に座ってしまう。

「あーあ、暑いね」

答える前に、彼女は立ち上がり、店に置いてある、給水器の無料の水を勝手に紙コップに注いでまた座る。

「そうですね」

「なんで冷房入れてないの」

開店前の客のくせに、ついでに言えば、客でさえないはずなのに、文句を言う。

それに口答えや言い訳をする気力はとうに失っていた。亘は黙って、冷房のリモコンを取り上げてスイッチを入れた。

店の前の看板や、格安携帯各社の料金形態を説明するパネルを出し、開店準備をしている間、老婆は汗を拭きながら、じっと亘を見ていた。薄手で白っぽいワンピースの大股を広げ、テーブルの上にあった格安ＳＩＭの説明表を取り上げ、股の間をぱたぱたと扇いでいる。

老人はあまり汗をかかないし、暑さも感じない、だから、熱中症になりやすいから気をつけましょう、と昨夜のニュース番組でやっていた。でも、汗をかくおばあさんもいるんだな、それとも、まだ若い証拠なんだろうか、と亘はなんとなく考える。

昨夜、店を閉める時に掃除機をかけなかったので、ざっとかける。マニュアルでは、閉店後と開店前、一日に二度かけることになっているが、たった一人、店長のみのいわゆるワンオペで回す店舗ではどちらか一回が精一杯だ。

店の片隅にはテレビが置いてある。たぶん、昔、販促かキャンペーンのために、新規契約者にプレゼントしたものの、残りだった。それを、朝と夜などだけ、小さな音でつけっぱなしにする。

テレビではニュース番組をやっている。数日前に起きた猟奇殺人事件の犯人の部屋に、携帯もスマホも、パソコンさえなかった、誰ともつながりがなかった、ということを流していた。

「……でね、嫁も孫も、ＬＩＮＥじゃないと返事をくれないっていうのよ。携帯のメールじゃ、面倒なんだって。そんなことある？　お義母さんもスマホにしてくれたらねえ、とか言うわけ。まあ、そんなの言い訳だって、こっちだってわかってるけどさ、でも、悔しいじゃない、そんなことを理由にされてるの」

老女は一人で話している。

「そうですねー」

適当に相づちを打ちながら考える。

スマホも携帯もない人間？　この店に来る、スマートフォンや携帯を持っている人間でさえ、手に負えないくらい変わっているのに、いったい、どれだけ変わった人間だったのだろうか、犯人は。

いや、自分はこの老婆が今時、携帯を使っているから変わっていると言うのではないし、携帯からスマホへの移行がめんどうだから邪険に扱っているのではない。

彼女がこう言いながら、午前中の空いている店に来て話していくのは、週に二、三回、相談に来始めてからもう一年以上経っている。こんなの適当にあしらわなかったら、頭がおかしくなる。いくらうながしても、説明しても、彼女は絶対にスマホに替えはしない。

「どちらにしたらいいですかねー」

賽(さい)の河原(かわら)のようなやり取りを、ずっと続けている。

亘は老婆が手に持っていた古くさい携帯電話を取り上げた。あら、と老婆は一瞬だけ黙ったが、何事もなかったかのように同じ話をくり返し始めた。だからね、嫁がね、言うのよ、スマホにしないと家族の……ぐるーぷ……に入れてくれないって。違うわよ、本当のぐるーぷじゃないわよ、あれよあれ。あなた、携帯の店の人なのにわからないの。本当のぐるーぷじゃなくてらいん。らいんだかってののぐるーぷなんだから。ほんとうのかぞくのぐるーぷにはいれてもらってるわよ。あたしはこどくなにんげんじゃないのよ。むすこがふたりいて、よめさんがいて、まごがよにん。みんなりっぱなの。

亘は取り上げた携帯を持った腕を振り上げる。高く高く。自分の肘より高く、肩より高く、頭より高く。そして、老婆の頭の上、頭頂部に振り下ろした。ぐじゃり、と手応えがして、それが彼女の頭にめり込む。意外と柔らかい。もちろん、めり込んだ携帯の脇から血が噴き出してくる。噴水のようだ。あまりのことに彼女はぼんやりこちらを見ている。声を上げることさえ、しない。

「ちょっと、店員さん、店員さん。あたしの携帯返してよ」

老婆の声で我に返ると亘はまだ、じっと携帯を握りしめていた。自分の手の中をのぞき込む。老婆の古びた携帯。どこかの神社のお札を模したシールが貼ってある。それもう剥がれかけていた。たぶん、五年以上使っている。

亘は慌ててそれを彼女に渡した。まるで汚いもののように。

テレビではまだ、殺人事件を報道していた。携帯もパソコンも持たず、誰かとつながりがあったとは思えない人間。

「ね、だから、教えてちょうだいよ。あたしがどうしたらいいのか」

そんなことわからない。じぶんのことすらわからないのに。


亘は二浪した。

実家は中国地方の日本海側の県にあり、稲作と建設業社員の兼業農家の次男だった。子供の頃から成績がずっとよく、亘は県内有数の公立進学校に通った。県内の国立大学なら行っていいと親には言われており、事前の模擬試験でも合格圏内の成績を出していた。それなのに、三回も受験に失敗してしまった。

それ以上の浪人や私立校の受験、ましてや上京などは夢のまた夢だった。

仕方なく就職先を探し、実家から車で三十分以上かかる、県庁所在地近くの駅前の携帯電話ショップ店に入った。

毎日の通勤が大変でも、残業が夜遅くまであっても、ノルマが厳しくても、手取り月十七万の給料はそのあたりでは悪くなかった。

毎日毎日、畑や田園の中を、ローンで買った中古の軽自動車で通った。

夢は終わった。けれど、その頃はまだ、何も考えていなかった。時々、深夜、帰宅の路（みち）を走りながら、車を止めて、虫の鳴く声に耳をすませて涙ぐんだことが数回あるだけだ。

ところが、アベノミクスの余波はこんな小さな町にもやってきて、亘の五歳年下の弟は高校卒業後専門学校を経て、誰もが知る、一流メーカーの子会社に入社した。

家族も親戚も狂喜乱舞し、それまで家族で一番の秀才、孝行者だったはずの亘は急にヒエラルキーの下位に落ちてしまった。

なんだか、一気にいろんなことがどうでもよくなった。

人生は結局、その時の時流で決まるのだ。弟は亘に比べて遥（はる）かに成績が悪かったのに、一流企業に勤めることになった。すぐに恋人ができ、その会社が新しく作ったきれいな寮に住んで、バンを買って休日にはドライブが趣味だという。

亘も転職先を探すことにした。地元にも飽きて、ふと調べた東京の求人情報で、自分と同じ仕事が東京なら十万近く給料が高いと知った。

それだけ高ければ、アパートを借りても一人でやっていけるだろう、と思った。

兄にも両親にも相談しないで応募し、すぐに採用された。

兄は長男だから、弟は一流企業だから、とちやほやする両親にも不満が募っていた。

「明日、東京に行くから」

彼らの驚く顔を見た時、やっと気持ちがすっとした。

しかし。

今、こうして、ラプンツェル商店街でスマートフォンを売っていると、結局、どこでも変わらなかったんじゃないか、と思う。

老人の繰り言を聞いて、うなずくだけの人生。

その時、自動ドアが半分開いて、志野原まひるが顔をのぞかせた。老婆がいるのを見るとさっと頭を引っ込めたが、その一瞬のすきに亘と目が合うと小さくうなずいた。亘も目礼する。

老婆が後ろを振り返った時には彼女は消えていた。

「誰？」

「いえ」

言葉を濁した。

でも、心が少し晴れているのを感じる。

昨夜、ＬＩＮＥで連絡が来ていた。今日のお昼、お弁当を作ってあげるから、店に来て食べたら、と。

彼女はその確認に寄ったのだ。「今日、食べに来るわよね？」と目が語っていた。

東京に亘のことをたった一人でも考えてくれている人がいる。

そう思うだけで心が温かくなった。


三人屋の前に小さな人だかりができていた。

三人屋は志野原家の姉妹三人でやっている店で、少し前まで、朝は喫茶店で焼きたてパンとコーヒーのモーニング、昼は讃岐うどんのランチ、夜はスナックを営業していた。それぞれを三女の朝日、次女のまひる、長女の夜月が担当していた。もともとは彼女たちの両親がやっていた喫茶店の店舗を、当時、仲が悪かった三人が売らずに続けるために考え出した方法だったらしい。

三人屋の三女、朝日がIT企業に就職して、しばらくは朝の店を姉たちと共にやっていたが、三か月ほどで一時、店を閉めた。副業とフレックスタイムが許される会社ではあったが、体力的に続かなくなったのだ。

その代わり、閉店前に新メニューとして出し、人気になりかけていた玉子サンドを早朝から昼前まで店先でコーヒーと共に売ることにした。

卵二個を厚焼きにして、バター、マヨネーズ、粒マスタードを塗った焼きたてパンにはさんだものだ。最初は近所や、通勤途中の会社員たちがぽつぽつ買っていったのが、卵を三個にして厚みを出し、ワックスペーパーに包んで切り口を見せるようなラッピングに変えたところ、ぐっと客が増えた。いわゆる「インスタ映え」するサンドイッチとして、人気インスタグラマーやツイッタラーに取り上げられたのだ。わざわざ、別の町から買いに来たり、通勤途中の駅で下車してくれる客さえいた。

最近では、客の要望でゆで玉子を潰してマヨネーズに和えた定番の玉子サンドと、ゆで玉子を半分にして、切り口を見えるようにはさんだものをメニューに加えた。こちらもよく売れている。

朝日が夜パンを焼き、早朝、まひると二人でサンドイッチを作り、出勤ギリギリまで売る。そして、子供を送り出したまひるに交代する。

売り上げが安定してきて、まひるは昼のうどん屋をやめた。サンドイッチ店は午後一時まで、パンがすべて売り切れてしまえば「売り切れごめん」で早々に閉店してしまうこともある。

つまり、三人屋は相変わらず「三人屋」ではあるが、店は三形態ではなく、サンドイッチとスナックの「二毛作」となった。

まひるの収入は少し減ったが、店の二階に住んでいて家賃がかからないことと、小学生になった子供たちと過ごす時間が増えたことに満足していた。

少なくとも、亘はそう聞いている。

「やあ」

客足が途切れたところで声をかけた。

「お疲れ様」

まひるの答えにはわずかなはにかみがあった。

「用意してあるよ」

自分の後ろを顎で指す。

「今日は本社から来てくれた人がこの時間で」

普段は一時過ぎ、三時や四時になることもめずらしくないのに、今日は十二時きっかりに来てしまった。まひるが一番忙しい時間だ。

「もう、売り切れだから、閉めるわ」

確かに、玉子サンドが一つ残るだけだった。

「まだあるじゃない」

「あなたが食べて」

そう言うと、まひるはまた、はにかんだ。

まひるが作ってくれた弁当と、残り物のサンドイッチを二人でかき込むように食べたあと、店の奥で短い愛を交わした。

亘もまひるも服を脱がなかった。

それは慣れでも、よそよそしさでも、ましてや放蕩でもなく、二人の真面目さと亘は思いたかった。

亘は店に戻らないといけないし、まひるは午後帰ってくる子供たちのために家事をしなければならない。夜や休日は子持ちのまひるは簡単に家を空けられない。この時間しかないのだ。けれど、だからこそ、尊い。

終わったあと、テーブルの上を見ると、食べたランチの残骸が残っていた。

ほとんどは平らげているが、洗っていない弁当箱にご飯粒やフライのカスがわずかに残っている。それから、亘が残したパンの耳。

すごくおいしかった、という記憶は残っている。パンは厚く、嚙みしめるほどに旨味があったし、玉子は塩だけで味付けられているようなのに香りが良い。前に聞いたら、バターを使って焼いているらしい。

だけど、その記憶はもうまひるに書き換えられていた。

「私が片付けるから、そのままにして行って」

じっと見ているのを別の意味にとらえたようでまひるが慌てて言った。

「いや」

残骸は、今、自分たちがした行為そのもののようで、小さな幸せのようで、亘は決して嫌ではなかった。

まひるが子供と一緒に、亘の店を訪れたのは、二か月ほど前のことだ。

大手通信社が出している、キッズ携帯を子供二人に持たせていたのだが、友達は皆、スマートフォンだとねだられたらしい。

彼女は格安スマホを使うと決めていたわけではなく、ただ、どんなものか店をのぞきに来た。

ちょうどさまざまなキャンペーンをしている時期で、他社からの乗り換えで、彼女と二人のスマホを替えても、今よりずっと安く……一人二千円ほどになることを教えた。

「本当に？　その値段で？」

最初、彼女はどこか恥ずかしげだった。安いものを求めている、ということがばつが悪いらしかった。けれど、この店にくる人間は皆、それを求めているのだから、亘は気にならない。自分ができる限り安いものを教えてやる。当たり前のことだ。亘がたんたんと月々の合計金額を出して告げると、ほっとしたようだった。

「それで……何か、別の不具合とか、条件とかないんですか」

「条件？」

「私のような人間は、安いのは何か裏があるのかしら、とか思っちゃって。クレジットカードを作らなくてはならないとか、合わせて何か買わなくてはならない、とか」

「ああ、そういうことですか」

亘は思わず笑った。

「いえ、最初にダウンロードされている有料アプリがいくつかありますが、それは一か月以内に退会して消去していただければ大丈夫です」

真面目な人なのだと思った。

二人の子供と一緒にいるまひるはただのお母さんにしか見えなかった。でも、その美しさには内心感嘆していた。色が白くて、肌が薄くて、鼻がつんと尖っている。それがスマホの値段を聞いて高揚し、頬を染めるとさらに美しかった。

「旦那さんのスマホも当社にお乗り換えいただくと、さらにお安くなりますよ」

そう言うと、上の男の子が「うち、パパいないもん」と言った。

「いないもん！」

下の女の子も声を張り上げた。

「大きい声をだすんじゃありません」

まひるがたしなめる。

「あ、すみません」

亘は慌てて謝った。

「いいんですよ」とまひるは笑った。「別れたの」

「そうですか」

「もうずっと前に」

「そうですか」

そう答えることしかできなかった。

小一時間で三人分の格安スマホの用意ができ、まひるだけが取りに来た。

ざっと説明したあと、紙袋に入れて渡した。

「商店街の方ですよね」

手渡しながら、亘は尋ねた。

「『三人屋』っていう店をやってます」

「夜の店ですか？」

「夜、来たことないんですね」

まひるがうっすら微笑んだ。

「あ、すいません。三人屋っていうスナックがあるのは聞いたことがあるので」

「スナックは姉がしてるから。私たちは朝と昼のサンドイッチの販売だけ」

「じゃあ、食べに行けませんね」

亘がちょっとがっかりした顔をしたからだろう。

「サンドイッチを買ってくだされば、店の中でコーヒーくらいお出ししますよ」

まひるが提案してくれた。

「そんなサービスしているんですか」

「知っている人だけですよ」

まひるはまた頰を赤らめた。

「スマホの相談に乗っていただいた、お礼に」

「はい！　うかがいます」

思った以上に大きな声が出てしまって、今度は亘の方が頰を赤らめた。

「ＬＩＮＥ、交換しません？　事前にご連絡いただいたら、サンドイッチ取っておきますので」

まひるの意外な積極性に驚きながら、悪い気はしなかった。

それに、この気安さは同じ商店街の仲間だという安心感からかもしれない、とも思った。上京して、初めて出来た関係だった。

数日後、サンドイッチとコーヒーをごちそうになり、ものすごく簡単に関係が始まった。そして、付き合いが深まるにつれ、彼女が商店街や子供の学校でさまざまな役割を背負い込み、責任を負っていることを知った。

故郷から逃げてきた自分と、他人のためにに働いてばかりいるシングルマザー。そんな二人にこのくらいの幸せがあっていいのではないか、と思った。

中里一也が指定してきた店は、ラプンツェル商店街の中にある、チェーン系居酒屋だった。本社は、社長が有名人で数年前にブラック企業として叩かれたところだ。シンプルでそこそこおしゃれな内装ながら、水っぽい枝豆とすかすかの卵焼きを二百九十九円で出すような。

亘は安さしか取り柄のない店を彼らが選んだことが不思議だった。いくらでも商店街のおいしい店を知っているはずなのに。

「いや、そういうとこはさ。すべて、商店街の関係者がやってるから。僕らが話したこと、筒抜けになる。下手(へた)したら、イイジマスーパーの大輔さんとか、勝手に乗り込んできたりするし」

隣で、近藤理人が深くうなずいているところを見ると、経験があるのだろう。

彼は豆腐屋に住んでいて、店主の愛人らしい。亘も噂には聞いていたが、彼自身があっさりと自己紹介に織り交ぜてきた。

「こういうとこがいいの。店長は雇われだし、店員は皆、他の町から来てるアルバイト。こういうとこが落ち着くのよ」

そう言いながら、二人ともまるで不倫カップルみたいだった。小声でこそこそ話す。

「じゃあ、渋谷かなんか、行けばよかったのに」

「それはさ、それで面倒」

「そ。酔っ払っても数十メートル歩けば家ってのが楽でいい」

商店街の中に家がある理人が言う。

「最悪、金がなくなったら、三人屋に行って飲み直すこともできるし」

なんだ、商店街に文句言う割に結局、頼ってるんだな。

すると、理人が鼻で笑った。

「あんた、そんなこと言えるの？　そろそろ夜月さんにも飽きられてるのに。最近、セックスレスだってこの間嘆いてたじゃない」

「いやっ」

一也は慌てたように、手を顔の前でぶるぶる振る。

「別に男女の関係がなくなったって、夜月さんは僕を追い出すようなことはしないよ。友達として大切にしてくれる」

しかし、ふっと真顔になり、「え。夜月さん、そんなこと言ってるの？　もう僕に飽きたって、そう言ってるの？」と小さく叫んだ。

「さあね、知らない」

理人は自分から言い出したのに、枝豆をより分けるふりをして話をそらした。

「いやあねえ、こういうとこの枝豆。中身がスカなのが半分よ。三人屋ならさ、ぷりぷりした茹でたてのやつを出してくれるのに」

いやいやながら参加した飲み会だし、二人がなんだかんだ言いながらこの街に溶け込んでいるのを聞くのは疎外感しかなかったが、それでも、他愛もないおしゃべりはどこか心を和ませた。

「ねえ、亘はさ、どういうスタンスでまひると付き合っているわけ？」

しばらくすると、一也をいじるのにも飽きたのか、理人がくりくりした目を見開いて尋ねてきた。

ええと……自分にしても、まひるにしても、この人に呼び捨てにされるほど親しかったっけ。自分はともかくとしてまひると。

「理人さんはまひるさんと知り合いなんですか？」

「ううん。豆腐屋に来た時とお祭りの時、話したことはあるけど」

それだけの人に、そんなむずかしい問題を説明しないといけないのか。

「僕も聞きたい。亘君、ほぼ同い年だよね。まひるさん、年上でしかも子持ちじゃん」

一也まで身を乗り出してくる。

「夜月だって年上」

「いや、夜月さん子持ちじゃないし、彼女みたいなタイプの人と、まひるさんみたいな人はぜんぜん違う」

「確かに」

二人で言い合って、二人で納得してる。

「かなりの覚悟がないと、まひるさんとは付き合えないよ」

「そうですか?!」

亘は素直に驚く。

「覚悟ってなんですか」

「え?」

理人の方が聞き返した。

「覚悟ないの? 亘」

そんなふうに訊かれると、ないとは言いづらい。けど、意味もよくわからない。

「ないわけではないですが」

「だって、あの人、子持ちのバツイチでいい歳でしょ」

「う……ん」

「結婚とか期待してるんじゃないの? 亘、二人の子のパパになるつもりあるの?」

心底驚いて、声が出なくなった。

「いやだ、この人、本当にわかってないよ」

理人が一也に言う。

「今まで、そういう話、出たことないの？　二人の間で」

亘はのろのろと首を振る。

「でも、匂わせとかないわけ？　微妙に催促してくるとか」

「……ないですよ。まひるさんはそういう人じゃない」

「そういう人って……結婚を要求してくるのが特殊だったり、悪かったりするわけじゃないでしょ？」

悪いか悪くなんかないか、そこまで頭が回らない。

ただ、驚いてしまって。

「考えてもみませんでした」

「馬鹿か。鈍感だよ。亘は」

「だけど」

亘はわずかに反撃する。

「バツイチ子持ちだからこそ、結婚なんて要求しないんじゃないですか。自分に子供が二人もあるのに、ずっと年下の、僕みたいな人間と結婚したいと思うでしょうか。というか、僕が結婚を考えているなんて思ってもないと思いますよ、あの人は」

「残酷だね、亘」

理人が急に無表情になった。

残酷？　小さな幸せだけを求めている自分たちのような人間が残酷？

けれど、理人はそれ以上何も言わない。

しかたなく、亘はおそるおそる、一也の方を見る。彼の方がどう思っているか知りたい。彼も同じように思っているのか。

「一也さんもそう思いますか」

「さあ、どうかわからないよ、まひるさんがどう考えているか、なんて。ろくに話したこともないし」

一也は言った。少しほっとしたけど、正直、彼は誰にでも否定的なことを言わない人のように思えた。こちらに気を遣っている、というか。本当の気持ちがどこにあるのか、わからない。

「だけど、一般論としては、まひるさんに結婚したいって気持ちがあっても少しもおかしくないと思う」

慎重な言葉遣いだけど、これは「ＹＥＳ」だろう。

そして、二人が言うなら、これはほぼ「ある」でいいのではないだろうか。

「驚きました……考えてもみなかった」

同じ言葉をくり返してしまう。

「二人も子供がいて、バツイチの人が結婚したいと思っているでしょうか」

「だから、そこはもう聞いた、さっき」

「いや、むしろ、まひるさんが嫌がるというか、最初から結婚しようと思うならもっと年上の、しっかりした大人の、年収とかある人との方がいいんじゃないかと」

「だから、その言い訳は聞いたって……わかんないね」

最後のところは、一也に向かっていた。

「この人、鈍感なんだか、冷たいんだかわかんない」

一也は曖昧に笑った。

「言わせてもらえば、そこまでの鈍感さは冷酷さだと思うよ」

「だけど」

「だけど、だけど、ばかり言わないの」

「だけど」と言いかけて、亘は黙った。

「でも、僕からしたら、理人がまひるさんに優しくてびっくりした」

一也が取りなすように言った。

「そう？」

「優しいというか、まひるさんにそんなに興味があると思わなかった、というか」

「興味というか……」

理人はじっと考える。

「いい人じゃん、あの人」

「まあそうだけど」

「子供いて仕事もあるのに、商店街のこと、一生懸命やってさ。夏祭りの時、皆が当番から逃げちゃってるのに、あの人、最後まで一人でトウモロコシ焼いてたんだよ。ものすごく暑い中。その後ろ姿見てたら泣きたくなっちゃった」

理人のような人が、彼女の姿をちゃんと見て、評価しているというのは意外だった。そういうところをわかっているのは、自分だけだと亘は思っていた。

「自分にはできないけど、ああいう人は必要だよ。ラプンツェル商店街の人もそう思っている」

「まあね」

「だから」

理人は亘をにらむ。

「あんたがひどいことをしたら、皆がただじゃおかないと思うよ」

「え」

「皆知ってるんだよ、二人が付き合ってること」

確かに、一也が声をかけて来たんだから、そうなのだろう。亘は二人に笑われるのもかまわず、頭を抱えてしまう。

ＬＩＮＥの電話が鳴って、亘は夢見心地のまま、それを取った。まひるの横顔のアイコンが出ている。少し前までそれは二人の子供の写真だった。亘と付き合うようになって、自然に変わった。きっと彼が出る時のことを考えたからだろう。その写真は亘が写したものだ。横顔の輪郭がとても美しい。

「もしもし？」

「あなた、いったい、何をしてくれたのよ！」

「え？」

「いったい、何を言ってくれたのよ！」

まひるが泣いている。その声が聞こえてくる。泣きわめいていると言ってもいいくらい。

「どうしたの」

「昨日、三人屋に行ったんだって？」

頭がじょじょにはっきりして、スマホの時計を見て……絶句する。もう店を開けていなければいけない時刻だ。

「あんた、自分がしたこと、わかってんの？」

「ちょっと、ちょっと待って」

電話の向こうがとんでもない事態だということはわかっているけど、あのワンオペの店を開けなければならない。

スマホを握ったまま立ち上がり、パジャマ代わりのジャージを引きちぎるように脱ぐ。「ごめん。寝坊したから、今、すぐに家を出ないといけない。ごめん、話はあとで聞くから。本当にごめん。いったん、切らせて」

切ろうが切るまいが同じだったかもしれない。まひるはただ泣きわめくばかりだったから。

幸い、二十分遅れで店に着くと、そこにいるのはいつもの老婆だけだった。遅刻をしたのは会社員になってから初めてのことだ。

全速力で走ってきたからばかりでなく、心臓がドキドキと大きく波打った。

「遅いわねえ。暑いのに」

ぶつぶつ言うけど、それ以上は怒ったりせず、亘が開けた店にちょこちょこ入ってきた。

そして、いつもと同じ愚痴と相談をくり返した。スマホにしないと嫁たちのグループに入れない、でも、スマホはお金もかかるしなんか嫌だ、誰もあたしの話なんか聞いてくれない、どうせあと十年くらいで死ぬ……。

　自分が起きられなかったり、病気で休んだりしたら店はどうなるんだろう……マニュアルでは本社に電話して代わりの人に来てもらうことになっていたけど、それでは開店が遅れてしまう。これまでそれを心配して、規則正しくやってきた。だけど、何事もなく、このままならこの老婆以外誰にも気づかれず、怒られることもなく終わりそうだ。

　掃除をしながら老婆の話を聞き流し、まひるの電話について一つ一つ思い出す。

　――何をしてくれたのよ！

　昨夜、理人や一也と飲んだあと、結局、三人屋に行くことになった。

　格安居酒屋のご飯がおいしくなくて食べた気がしない、と理人が文句を言い、さらにビールが薄い、これは本物のビールじゃないんじゃないかとケチを付け、ハイボールもレモンサワーも薄いと愚痴った。

　すると一也が「じゃあ、やっぱり、三人屋に行こうよ」と言い出した。

「あそこならただで飲めて、ご飯も食べられて、しかも、まひるさんのこともはっきりするじゃないか」

「は？　まひるさんのこと？　どうしてですか？」

「だって、まひるさんと夜月さんは姉妹なんだから、結婚についてどう思っているかわかるじゃないか」

「そうかな」

まひるから夜月の話を聞いたことはほとんどない。

「まあいいや。行こうか、薄い酒で腹ぼってぼてだし」

理人が立ち上がった。

この二人の間では理人が主導権を握っているらしい。その鶴の一声で、店を変えることになった。

店に入ると、夜月らしい女が赤いドレスを着て、煙草を吸いながらカウンターの端に座っていた。

三人が入っていくと「いらっしゃい」と言いかけて、「なあんだ」と顔を背けた。

理人、亘、最後が一也という順番だった。亘は二人を先に店に通そうとしたけど、一也に譲られて二番目に入ることになった。

「しゅんちゃんは?」

明らかに機嫌が悪そうな夜月をものともせず、理人が隣に座りながら尋ねた。しゅん、というのはもう一人のボーイらしい。

「買い物に行かせてる」

「何を?」

「ちょっと団体さんが入ってね、今、帰ったとこ。突き出しがなくなっちゃったからさ、コンビニに豆腐を買いに行かせた」

理人の隣に亘が座り、さらに隣に一也が座った。

「豆腐、うちで買ってくれればいいのに」

「もう閉まってるじゃないか」

夜月はさらに笑う。

「うち、だって。奥さん気取りだね」

その言葉が、理人を刺激したのか、なぜか黙ってしまった。

「そっちの子は誰？」

「携帯屋の子」

一也がすかさず答える。

「ああ」

夜月はわけ知り顔にうなずいた。

「望月亘です。よろしくお願いします」

「まひると付き合ってる子でしょ」

やっぱり、皆、知っているらしい。

「実は、亘君が夜月さんに聞きたいことがあってさ」

一也が亘の背中をぐりぐり押しながら言う。

「何よ」

夜月は一也の方は見ずに、亘に向かって言った。わずかな角度の違いだけどそのくらいはわかる。彼らの間にはどこか緊張感が漂っている。

「あ、いえ」

「ほら、亘君、言わないと」

さらに、一也が肩甲骨のあたりをぐいぐい押す。痛いくらいだ。

「いやね、亘君がどうしても夜月さんに聞きたいって言うから、仕事中で悪いとは思ったけど来ちゃったんだよ」

え、と思って、亘は一也を振り返る。そんなこと言ってない。むしろ一也がそれなら夜月さんに聞けばいいと言って強引に連れてきたのに。

そこで気がついた。二人の間には何かあって、一也は亘を口実にここに来たかったんだと。さらに相談する気がなくなっていた。

「僕は夜月さんは忙しいし、どうかなあ、って言ったんだけど」

「だからなんなの」

ぴしりっ、と夜月が尋ねて、一也が黙った。

「あの」

理人の方をチラリと見ても、彼は知らん顔でカウンターの中の棚に並ぶ酒瓶を凝視している。仕方なく口を開いた。

「まひるさんが……」

「まひるがどうしたって？」

「まひるさんが……あのお、結婚」

「結婚?!」

夜月のような女でもその単語には敏感らしい。眉根を寄せてこちらをにらむ。

「まひると結婚すんの？」

「いや、いえ。そうじゃなくて、結婚とか考えてますかね……」

後半はささやくような声になってしまった。

「意味がよくわかんないんだけど、何よりわかんないのは、それをなんであたしに聞くのかってことよ」

「はあ」

一也の方を見ると、すっかり首を落として下を向いてしまっている。仕方なく、亘は自分で答える。

「……姉妹だから？」

「わかんないわよ。わかるわけないじゃない。あの子とは昔から仲悪いし、今は別にもめたりなんかしてないけど、そういうことをべらべら話したりする仲じゃないし」

「そうですか」

「朝日に聞いてみたら？」

「朝日？」

「一番下の妹」

「ああ」

「朝日の方が仲いいし、一緒に働いている時間も長いから。あ、でも」

夜月は頬杖をついて、考える。

「あの子、姉妹で一番真面目だし、一度、結婚してるし、そりゃ普通なんじゃない」

「普通？　普通とは？」

「普通に女の幸せを考えているってこと。あたしみたいのと違って」

「ほらね」

理人がやっと口を開く。

「言った通りでしょ。まひるさんは結婚期待してるって」

ああ。背中の奥の方から出てきたような、深いため息が出てしまう。

「期待してるとまでは言ってないでしょ」

夜月が言う。

「いや、期待してるね」

「知らないよ、そんなこと」

夜月と理人はいつまでも言い合っていた。

そのあと、夜月がイイジマスーパーの店長の飯島大輔のウィスキーのボトルを出してきて「これもう飲んじゃおう」と宣言した。

「お客さんのボトル、飲んでいいんですか」と尋ねると、「いいの、いいの、あいつ、むかつくから全部飲んじゃおう」と、どんどん酒を作り出した。ボトルは入れたばかりらしく、四人で飲んでも（そのあとに帰って来た、しゅんというボーイも加わって五人になった）ぜんぜんなくならなかった。

確かに、「三人屋」にはちゃんとした酒があり、ただで飲めたが、亘はすっかり酔っ払ってしまい、その後の記憶がない。


「私がいつ、結婚したい、なんていいましたか？」

あいさつもそこそこに、まひるが言った。

亘とまひるが夜、時間を作って会ったのはこれで二回目だった。

一度目はまだ付き合い始めの時、まひるが友人に子供を預けて、隣町の駅ビルの中に入っているイタリアンでご飯を食べた。楽しかった。まひるは「離婚してから夜出かけたのは初めて」と言い、カラフルなサングリアを飲み、ころころ笑った。その後、亘のマンションに来て、やっぱり短い愛を交わした。まひるが十時までに帰らなくてはならなかったからだ。

それ以来だった。

今夜、子供は妹の朝日に預けたらしい。

こんな時だけど亘は少し嬉しくて、自分が思っていた以上に彼女が大切であることを確認する。妹に預けられるなら、またこうして会いたいな、と考えるほどに。

けれど、待ち合わせの店（今回はまひるの提案で渋谷まで来た）で顔を合わせると、彼女が予想以上に怒っているのがわかった。

「一度でも言いましたか？　私が結婚という言葉を」

「いえ」

「そうですよね。私、むしろ心がけて使わないようにしていましたから」

まひるの言葉は冷ややかで丁寧だった。

「いえ、僕はただ」

「今朝、姉に言われたんですよ。あの人、昨日、飲み過ぎて店に泊まっちゃって。私が明け方降りていったら、寝ぼけて『若い男を縛り付けちゃだめだよ』だなんてしたり顔で……縛り付ける、だなんて。私、一度でもあなたを縛るようなこと、言いましたか？」

「本当に僕はそんなことは言ってなくて」

「でも、結婚については、姉に聞いたんですよね？」

「あ、まあ」

「それが嫌だって言ってるの。それだけで十分よ」

驚いた。

まひるは泣き出したのだ。両手で顔を覆い、肩を震わせた。

そこでやっと、亘は自分がとんでもないことをしてしまったのだ、ということに気づいた。亘がおそるおそるその肩に手を置こうとすると、まひるは手で顔を覆ったまま、激しく身体(からだ)をねじってそれを拒否した。

「私がどれだけ、恥ずかしくて、つらくて、嫌な思いをしたか、わかりますか」

亘がおろおろして何も言えないとわかったのか、まひるはやっと手を下ろしてそう尋ねた。顔は涙でぬれていて、真っ赤になっていた。

「すみません」

「私が姉と言い合っている時に朝日が来て」

「ああ」

「妹にもそれが伝わってしまって」

「すみません」

謝るしかない。

「私、一言でも言いましたか？　結婚について」

女は何度も何度も確認する。こういう自分が悪くないですよね？　と主張する時。男を凹ませたい時。あまり女性経験豊富でない亘もそのくらいは知っている。

「言ってません。だけど、ただ」

「私だって気にしてたのに、それを姉に言われるなんて」

「本当にすみません」

周りに見られるのを承知の上で、椅子から立ち上がって、頭を深々と下げた。お客さんにするくらいに。さすがにまひるも少し黙った。

「だけど、僕が言い出したんじゃないんです。豆腐屋の理人君が」

「ああ、あの、きれいな子」

「はい」

「夏祭りの時、手伝ってくれたわ。時々来て、笑わせてくれて」

やっとまひるがまともに話を聞いてくれるようになった。

「理人君が、まひるさんもいい歳なんだし、子供もいるんだし、当然、再婚を考えていてもおかしくないんじゃないかって、その覚悟はあるのかって」

まひるは完全に黙って、ぼんやりと亘の肩の辺りを見た。

「僕、ちゃんと否定しましたよ。まひるさんはそんなこと……結婚を要求したり、匂わせたりしないって。そんな人じゃないって」

ここまで説明すれば、まひるの怒りは理人に向かうと期待していたが、そうではないらしい。

「だいたい、僕らはちゃんと最初からわかってたわけだし」

「何を？」

急にまひるが口を開く。

「何をわかっていたって言うの？」

「お互いの立場っていうか……まひるさんはバツイチで子持ちだし、僕は薄給な携帯屋のワンオペ店員だし、月給は三十に届かないし、歳も三十になったばかりでまだ結婚なんて早いし、貯金ないし。まひるさんの方がお断りだろうって」

亘は自嘲気味に笑う。けれど、まひるは笑わなかった。

「だから、最初から結婚なんてお互い考えているわけないのに、理人君は何を勘違いしてるのか。でも、彼にしつこく確認されて、なんか、不安になっちゃったんですよ。理人君だけじゃなくて、一也君まで同じようなことを言うもんだから。それに彼がどうしても『三人屋』に行って夜月さんに聞いてみようって言い出して。夜月さんならまひるさんと姉妹だからその気持ちはわかるだろうって」

亘は懸命に説明した。

「それで仕方なく、行ったんです」

「私は姉に『若い男を結婚に縛ったら逃げられる』って言われたのよ」

まひるはぼんやりとつぶやく。

「だから、僕はそんなこと、一言も言ってないんですって」

「そう」

「とにかく、ちゃんと、まひるさんはそんなことぜんぜん考えてないって皆には言いましたから。再婚なんて考えてないって。お互いそれを知った上で付き合ったんだから」

「知った上で？　だから、あなたが私の何を知ってるって言うの？」

「だから、まひるさんがバツイチ子持ちっていうことを」

「……そう」

「だけど、理人君が、それを知っているからこそ、期待しているとか、おかしなこと言って。バツイチ子持ちって知っていて付き合ったんだから、もちろん、男の方だって結婚も視野に入れてくれる人なんだって考える女もいるだろうって。ちゃんと責任感を持って付き合ってくれるって考える女もいるって。そんなことないですよね？」

「そう……かもね」

まひるは横に置いていたバッグを引き寄せた。テーブルに出していたスマートフォン（まさに亘が用意した機種だ）と手に握っていたハンカチなどをそれに入れて、中身をちょっと整理した。

「じゃあ、行くね」

まひるは顔を上げて、そう言った。もう涙は乾いていた。

「え」

「行きますね」

「あ、じゃあ、僕も帰りますよ」

「いえ、別々に出ましょう。二人でいるところを、もう、一度だって商店街の人に見られたくないから」

一度だって、のところに力が入っていた。

「そうですか……」

まひるはバッグの中から、二つ折りの財布を出して、中から千円札を二枚出してテーブルの上に置き、グラスで押さえた。その財布は長く愛用されていたらしく端などが少しよれていた。でも丁寧に使われていたのかピカピカに光ってきれいなままだった。まひるさん自身のようだと亘は思った。空調の風でお札がひらひらと動いていた。

「どういうことなんですか？」

まひるの丁寧な動作を見ていたら、急に恐怖に襲われて尋ねた。その態度がまるで終わりを示唆しているようだとその時気づいた。

「……これで終わりというわけじゃないですよね?!」

亘が尋ねると、まひるはやっと笑った。とても弱々しい笑顔だった。それだけで、彼女は出て行ってしまった。

亘はゆっくりとお札を取って、自分の財布に収めた。

今、起きたことを考える。

まひるはやっぱり、とても怒っているようだ。だけど、自分にはどうすることもできなかった。昨日だって、別に夜月なんかに相談したくなかったのだ。いや、もともと飲み会にも行きたくなかったのだ。自分はあの商店街で交友を深めようなんて思ってなかったし、友達なんてほしくなかったし。まひるさえいればよかったのに。

自分は店を開けてなくても、誰も気づかないような、携帯屋の店員だ。自分も店も、あの商店街ではなんの存在感もない。まひるなしには。

やはり、もう一度ちゃんと謝らなくてはならないだろう。姉に話したことはやばかったわけだから。

亘はふっと気がつく。

もしかして、まひるが結婚しようと思っていたら？

だとしたら、自分が思っているよりも、もっともっと激怒していても、おかしくないかもしれない。亘はひどいことを言ってしまったのかもしれない。もう許してもらえないような。

しばらく考えて、亘はやめた。

いくら考えても仕方ない。明日、まひる本人に聞いてみよう。

明日、自分は店を開けられるだろうか、と思った。彼女と付き合う前、当たり前にしていたことが今はできそうもない。けれど、やっぱり、それもすぐに考えるのをやめた。

そして、勘定をしてもらうために、店員に手を高く上げた。

4. 加納透（35）の場合

不動産屋が「ちょっと一本、電話かけてきます」と中座すると、朝日は「ふわーっ」と言いながら両手を広げ、広いリビングをくるくると回った。

「いいねえ、ここ」

「うん」

加納透（かのうとおる）は重々しくうなずく。

「リビング広いし、窓大きくて、なんかすがすがしい。東京タワーもちらっと見えるし」

そう言われないとわからないほどのカケラだが。

「うん」

透は窓から下を見た。下界。十階建てのマンションの六階だから、通りに宅配便の車が駐（と）まっていて、配達員が走り回っているのが見える。

こういう、微妙に表情が見えるくらいの高さがちょっと苦手だ。もっと上の方なら、人の顔なんて見えないのに。何か人を見下しているような罪悪感がある。

「どうしたの？」

朝日がこちらをちらっとのぞき込む。

「気に入らないの？」

「いや、いいと思うよ」

「あーあ。そう言いながら、トールちゃんはどこに行っても気に入らないんだ」

「違うよ」

笑って見せた。

「そりゃ、トールちゃんのマンションに比べたら、どこも少しせまいし古いけどさ」

そうなんだ、それも問題なんだ。

「景観も、そりゃ、マンションの最上階じゃ比べものにならない。でも仕方ないじゃない。あれ、おじさんの持ち物なんでしょ。結婚したら別のところを探さないといけないんでしょ」

それは、透から言い出したことだった。だから、当然なのだ。それしかないのだ。

「二人のお給料から出せる金額っていったら、やっぱりこのくらいの部屋になるよ」

「朝日は実家から近くなくていいの？」

やっと、この部屋を借りない理由に近づけそうな言葉を振り絞る。人の表情が微妙に見えるからなんて、さすがに言えない。

「え。そんなこと気にしてたの？　大丈夫、大丈夫。まひるお姉ちゃんと夜月お姉ちゃんには言ってある。もしかしたら、実家と遠いところになるかもって」

あっさり否定された。けれど、なんとか反撃する。

「でも、そしたら、サンドイッチの仕事、手伝えなくなるじゃん」

「そのぐらい、自分たちでなんとかするでしょ」

切り捨てるように言ったが、本当は朝日が言葉以上に気にしていることは知っていた。

特に、まひるについては、自分が手伝わないとあの家族はどうなってしまうのかと付き合い始めに言っていた。結婚が決まってから、あまり言わなくなったけど。

「まひるさんは大丈夫なの？」

ほとんど会ったこともないシングルマザーの名前を口にした。

「大丈夫、大丈夫。それに、最近、あの人彼氏いるみたいだしさ」

朝日はふっと外を見た。

「ねえ、それよりも、本当にどうするの?! 物件。ここだって、断ったら、すぐに決まりますよって不動産屋さん言ってた」

「不動産屋の常套句（じょうとうく）なんだよ」

「……やっぱり、気に入らないんだ」

本当にもう、と朝日は頬をふくらませて見せる。

「今の、トールちゃんみたいな部屋はこのお給料じゃ無理なんだから。それをよく認識してよね」

わかってるよ、と力なくつぶやいた。

そこに不動産屋が戻ってきた。

「どうですかあ。ここ、すごくいいと思うんですけど。ちょっと築年は行ってますけど、広いですしね。東京タワーがきれいですよ」

朝日はちらりと振り返った。東京タワーのかけらに、「また今度ね」と言うように。

「すごくすてきなんですけど、次の物件も見せてもらっていいですか」

朝日が明るく返す。

「もちろんですよ」

小太りの営業マンはにこやかに部屋を後にし、朝日もそれに続く。

なんて言うかな、と透は思う。

あのマンションの部屋が自分のものだと言ったら。

いや、あのマンションすべて、一棟まるごと自分のものだと言ったら、朝日はどんな顔をするだろうか。

ここ数か月、透はなんだかんだ言って、いろんな物件を断ってきた。

少し狭い、少し古い、少し日当たりが悪い、少し駅から遠い、少しカレーの臭いがする、少し鬼門をむいている、少し気乗りがしない……少し、少し、少し、少し。

すべては、最初についた嘘が始まりだった。

会社の九州料理友の会（月一でチキン南蛮やらチャンポンを食べるだけである）で知り合った朝日を、やっと自分の部屋に連れて行くことができた日のことだ。その湾岸エリアに建ったマンションの部屋で「うわあ、すごい部屋だねぇ。うちのお給料で払えるの？」と無邪気に聞かれて、「おじさんの部屋なんだ」とつい口から出任せを言ってしまった。

「おじさんが税金対策に買った部屋を格安で貸してもらってるんだ」

今まで女性に対して、そんな嘘をついたことはなかった。家賃のことはにごしてきたし、ちょっと都心から距離あるけど部屋は広いよ、と自慢したり、これ見よがしに部屋に案内して落としたことさえあった。

朝日にはなぜか、本当のことを言えなかった。

透の祖父母は関東一円で広く、大家業をしている。

祖父は、曾祖父（そうそふ）が行商をしていたのを手伝っていて中学もろくに出ていないのに、少額の金から不動産を買い始め、一財産築いた人物だった。いや、一財産どころじゃない。年間の家賃収入は数億あり、一体何部屋所有しているのか、祖母はもう「よくわからん」と言っていた。

祖父は雰囲気も顔立ちも、連続殺人犯でペットショップの主人を演じた俳優に似ている。いつも、白いよれよれのポロシャツを着て、機嫌良くニコニコしていて、でも、その表情のまま人を殺せそうな、目が笑ってないタイプ。

祖母は毎朝同じチェーン系カフェで数百円のモーニングを食べる。その時、気分に応じて不動産会社の若い男を呼び、ミーティングと称して説教したり、人生訓を語ったりする。それだけが何よりの楽しみらしい。

透が、朝日と同じ会社に就職が決まった時、「お前のマンションは見つけておいた」と祖父が簡単に言った。

祖父母が大家業をしていて、かなりの金を持っていることは知っていたから、就職祝いにマンションを買ってくれたのかと思った。もちろん、かなり嬉しかった。

実際は祖父たちが見つけたのはマンション一棟で、最上階に透を住まわせ、その下を賃貸に出すことで返済をしていくことになっていた。マンションの名義は透で、時々考えると夜も眠れないくらいの、普通のサラリーマンなら生涯稼ぐことができないどころか人生で一度も関わることがない額のローンがある。

しかし、マンションは東京駅から三十分以内にあり、常に満室で、毎月の返済金を振り込んだ後でも、働く必要がないほどの金額が口座に残る。

いったい、どういうからくりを使えばそういうことになるのか、透にさえもよくわからないが、祖父の世界では普通のことらしい。

「えへへへへ。これが就職祝い代わり」と、契約の時は相変わらず、白いポロシャツで笑っていた。でも、本人は一円も出していないのだ。ただ、指先を少し動かしただけで。いや、実際には、一応頭金は貸してくれたが、それもなんだかよくわからないけれど、税金対策に使えるから、祖父的にはプラスなんだそうだ。

理論的には誰にでもできることだ。ただ、マンションを見極める目と、コネと、頭金と保証人が必要だ。祖父のような。

そのことを透は朝日に伝えられていない。

彼女がどう受け止めるかまったくわからないのだ。

喜ぶのか、驚くのか、唖然とするのか、怒るのか、泣くのか。

自分たちはたぶん、もう一生働かなくても食べられるくらいのお金が入ってくるし、たぶん、貯まったお金で数年後にさらに物件を購入することになるだろう。そのうち、祖父か祖母が見つけてきて、融資してくれる銀行も見つけてくるだろうから。そしたら、また、お金が入ってきて、たぶん、自分たちも君が産む子供も、一生働かなくてもいいような人生を歩むことになる、と。

怖いのは、朝日が怒って婚約を取り消すことだ。なぜ、早く本当のことを言ってくれなかったのか、と。しかし、もっと怖いのは小躍りして喜ぶことかもしれない。どちらにしても、透にとっていいことは何もない。

それに、透が本当に気にしているのはそれではない。

本当に気になっているのは……朝日が透のことをそんなに愛していないことだ。


透は出勤前の時間、駅前のカフェで男を待っていた。

フレックスタイムが導入されているから、十一時までに出勤すればいい。それでも、九時くらいには自席にいるようにしている。

朝日のような女性社員は十一時ぎりぎりに来るのも多いが、透たち男性社員……社内政治に否応なしに巻き込まれている者……は、まだまだ上司より少し早い時間に出勤することがどこか義務になっていた。

考えてみれば不思議な話ではある。逆、男尊女卑のようだし、一方で、女性が社内政治や出世から最初から除外されている、というのは、さらに「逆逆」女性差別のような気もする。

しかし、社内にはぬるくそんな空気が漂っている。女性たちも家事や育児に便利だから、誰も表だって非難する者はいない。

そんなことをぼんやり考えていたら、目の前に若い男が座った。八時半に待ち合わせしていた不動産業者で、祖母が時々呼び出す、若手社員の一人だ。

「お待たせして、すいやせん」

どこも反省していない口ぶりで彼は自分の飲み物をテーブルの上に置いた。

何を頼んだのか知らないが、たぶん、一番安いブレンドコーヒーだろう。

「米子(よねこ)さんのお孫さんだそうで。米子さんにはいつもお世話になっておりまっす！」

テーブルに頭をすり付けるようにお辞儀をされた。

彼とは一度か二度、祖父母のお供で不動産会社に付いていった時に会っている。しかし、向こうには三、四人がいたし、こちらも三人の一番下っ端なわけなので、直接言葉を交わすのは初めてだった。

改めて、名刺を取り交わす。

間宮翔平(まみやしょうへい)という男だった。

「――にお勤めっすか。一流ＩＴ企業じゃないすか、すごいですね」

「いや、平社員なんで、残業も多いですし」

「マジすか！」

何がそんなに間宮を驚かせたのかわからないが、やたらと大きな声で反応された。

「給料も安いし」

「マジすか！　俺、パソコンとかマジだめなんで、ＩＴ企業とかマジ憧れますけどね」

「マジだめでも、一通り使ったりはできるんじゃないですか」

思わず、口癖が移る。

「いや、ネットの住宅情報に物件の広告とかを掲載する時は使いますけど……まあ、写真とか数字とか入れればできるやつなんで」

「なるほど。そういうフォーマットになっているんですね。どこかに外注しているんですか」

「まあ……たぶん」

彼の表情、特に目が死んだようになっているのに気づいた。ITについては「マジだめ」なだけじゃなく、興味もないらしい。すぐに話を元に戻す。

「今日はすみません。わざわざ」

「あ、いえ、米子さんとか加納さんたちにはほんっとにお世話になっているんで」

彼はごそごそと通勤バッグから書類袋を出した。

「こちらが『三人屋』……前身は『ル・ジュール』の登記簿の写しですね。それから、あの町にうちの支店があるんですけど、先代までは個人経営の不動産屋だったのがフランチャイズ化したところなので、今の店長の父親に昔の話を聞いておきました」

「ありがとうございます」

祖父母にこういう子と結婚する、と朝日の話をしたら、彼女のことを説明する前に、その店の登記はどうなっているのか、抵当に入ったりしてないのか、と尋ねられた。そんなこと知らないよ、と答えたら、勝手に知り合いの不動産屋に調べさせていた。祖父母に言わせれば、その人の不動産、家を見ればたいていのことがわかる、そして、うちの家と結婚するなら、どういう家の人か調べないわけにはいかない、ということだった。

「結婚ていうのは、とんでもなくいろんな権利を向こうに渡す、人生をまるごと相手に渡すようなものなんだが、ほとんどの日本人はそれを知らないんだ。ヘタすると、結婚して離婚しても知らないやつもいる」

祖父は言いながら、いつものようにへらへらと笑った。

「でも、本当に、それをちゃんと知ったら、恐ろしくて、誰も結婚しなくなるよな」

しかし、考えてみれば、こちらのことも全部話してないのに、相手にはそれを求めるとは失礼な話ではある。

それを指摘すると、「こっちは隠すようなことはなんにもない。結婚でいろいろもらえるんだから、相手が調べる必要なんてあるわけないっ！」と、祖母は言い切った。

そんなもんだろうか。

確かに、朝日は結婚と同時に一生働かなくてもよくはなるのだから、悪くはない取引かも知れない。

　とにかく、いっぺん聞いても損にはならないよ、と強く言われて断れなかった。本当は、祖父母もここに同席する（彼らは大型物件を買う時以外は暇である）ことを主張してきたが、それだけは断った。透の父母はもうとっくに祖父母に取り込まれているから、透の婚約者についても結婚についても、何も言わない。

「なかなかごっついことになってまんなあ」

　間宮は急に下手くそな大阪弁で言う。何か、そういう不動産ドラマの真似なのかもしれない。にやにやと嬉しそうに笑う。

「あの喫茶店は、二番抵当まで入っています」

「えっ」

　間宮は資料を広げながら言う。

「一番抵当は地銀です。二〇〇六年に八百万ほどのローンを組んでいて、これは今も返済が続いているようです。二番抵当は個人で、これは大阪の方ですね。二百万の借金があるようで、こちらの返済がどうなっているのかはわかりません」

「え、その借主は誰ですか」

「長女の志野原夜月さんという方のようです」

「一番も二番も？」

「はい」

驚く透を前に、間宮はさらに嬉しそうな顔をする。

それは、こちらの動揺を喜んでいるというより、こういうことを話すのが楽しくてたまらない、というようにも見える。心底、不動産やそれにまつわる話が好きなんだろう。

「じゃあ、あの建物は夜月さんの名義になっているんだろうか」

前に、朝日から、両親が死んだあと、姉妹三人で店をどうするかもめた、という話を聞いていた。ただ話の流れに聞いただけで、それ以上、名義のことまでは知らなかったが。

「それはまだお三人さんのお父さんのままみたいですね。名義変更はされてません。遺産でもめている家族ではままあることだし、あの店は三人で使っているからだろうと、その支店長の親父も言っていました」

「つまり、あの店は亡くなった父親の名義のまま、長女の借金のカタに、二番抵当まで入っている、ということ？」

「はい。で」

間宮はまた資料を広げる。

「ここからは、不動産屋の話とちょっと大阪の方にも調べさせた話なんですけど」

「はあ」

「一番抵当は夜月さんが大阪の福島に店を出す時に借金したみたいです」

「大阪？　福島……？」

「大阪にも福島っていうところがあるそうです。雑居ビルの中の八坪ほどの小さな店だけど、結構、人気あったみたいですよ。でも、リーマンショックの頃潰れて」

「ああ」

「この返済は先ほども言ったみたいに、まだ月々払っているみたいです。それから、この大阪の人ですけど」

「何もんなんだ」

「福島の店がうまくいかなくなった時に借りたお金です。田所(たどころ)という男なんですが、大阪では結構な有名人で、大物らしい」

「ヤクザ？」

間宮の表情を見て、透は最悪の可能性を口にした。

「いいや、違いますけど、大阪の夜の世界ではなかなかの人物だそうで。夜月さんという人がその人の後ろ盾で店を出したなら、リーマンショックの影響さえなければもっとうまくいっただろうって。その人も数百万のことでガタガタ言うような人間ではないけど、逆に、彼に返せと言われたらもうお終(しま)い、そんな人物らしいです」

「ふーん」

「ある意味、ヤクザの方がまだましみたいな面倒な人物だとか」

「ええっ」

「この二番抵当については、近所の不動産屋も知りませんでした。まあ、自分からべらべら話すようなことではないけど、志野原さんの親父さんも、死ぬまで知らなかったんじゃないか、なんて言ってました」

「どういうこと」

「夜月さんが権利書とか印鑑とか勝手に持ち出して作った借金じゃないかって」

「ん」

透は思わず、頭を抱えた。これは透の手に負える範囲を超えている。


「本当に行きたいわけね？」

新宿から乗った電車の中で、透は朝日から何度も確認された。

不動産会社社員の間宮から元「ル・ジュール」であり、「三人屋」である店の抵当権について聞いたあと、ずっと、その情報をどうしたらいいのかわからない。

正直、朝日には関係ない話、だとも思う。

あの物件にいくつ抵当が入っていようが、ヤクザよりやばい人間に金を借りていようが、彼女が父からの遺産相続を放棄すればいいと最初は思った。新宿から十五分以内の駅前にある物件とはいえ、小さな店の三分の一の権利なんて、自分や祖父母の持っている財産の前では、吹けば飛ぶようなものだ。

家の抵当のことは、朝日たちも「知らない」可能性もある、と間宮は言った。

「普通の人は登記簿なんて調べないですよね。だいたい、二番抵当まで入っていたら、相続でもめるとしても、今とは方向性が違うと思います。三人でどう分ける、だとか、悠長なことは言ってられないのではないでしょうか」

「なるほど」

「もしくは、そのことを妹たちに隠すために、お姉さんは遺産問題を起こしたということもありますよね。すんなり分けることになったら、ばれますから」

「ああ、確かになあ」

会社でも人気者の、爽やかでかわいらしい魅力を放っている朝日の姉が水商売をしているということでも驚きなのに、そんなずぶずぶの借金を背負って、さらに妹たちには秘密にしているとは。

そのことをどうやって朝日に話したらいいのかもよくわからない。話したら、どうして店のことを調べたのかということになるし、そしたら、自分の特異な祖父母のことや自分のマンションのことも話さなければならない。それなら、知らん顔のまま結婚した方がいいのか、しかし、後になって「実は知っていました」ということがバレても面倒くさい。

さらに、結婚後、そのことが訴訟沙汰になんかなったら、もっと面倒くさい。

「借金の保証人はどうなっているの？　一番抵当は地銀なら誰かに頼んでるよね」

「ああ、それですが、それもまた複雑で」

「複雑……」

「生前はお父さんです。今は亡くなったから、相続人、つまり姉妹三人が保証人も相続するわけです」

「それは相続放棄できるんでしょ」

「相続放棄は、原則親の死後三か月までです」

「あー」

とはいえ、もしも、朝日が連帯保証人となっても合計一千万ほどの金額なら、一人三百万ちょっと、透にとってはたいした額ではない。

「それでさらに調べたんですけど」

「はい……」

「夜月さんという人、そこまで借金を重ねているなら、他にもつまんでんじゃないかと」

「つまんでる？」

「他の借金もあるんじゃないかと」

「ああ」

「照会したら、やっぱりノンバンクに百万くらい借金があります。この保証人は、飯島大輔という人になってます」

「飯島……」

「ご存じですか」

「知るわけない」

夜月に会ったこともないのに。

「ラプンツェル商店街には、イイジマスーパーという中型のスーパーがあります。飯島大輔はその息子です」

「へえ」

「この二人は、昔、付き合ってたことがあるそうです。支店長の親父も懐かしい話だと言ってましたよ。二人はまだそういう仲なのか、と」

あれから、祖父母からは何度か呼び出されているが応じていない。

二人は間宮の話はどうだった、自分たちにも教えてくれというような口実で連絡してくるが、本当はとうに知っているに違いない。間宮が彼らに報告しないわけがないし、もしかしたら、透より先に知っていたかもしれないのだ。

金持ちの親戚がいると、こういう無力感を日々、突き付けられる。自分の問題でも、自分にはなんの力もないこと。金はほとんどの人にとってすべてに勝る、ということ。

いずれにしろ、金額的にはたいしたことがなくても、借金をくり返している女というのは気にかかる。

いろいろ考えた末、とにかく、夜月という人に会ってみようかと考えた。会ってみて、どういう人か見てみないことにはわからない。

「あのさ」

私鉄の車内は帰宅ラッシュで混み合っていた。その中で、朝日は透の耳元に唇を近づけてささやいた。

「私の家族のことはさ」

どきり、とする。

「特に夜月お姉ちゃんは、隠すようなことでもないけど、自慢できるような人でもない」

「そうなの」

もしかしたら、朝日も知っているのかもしれない。ここで何かを告白されたら、自分はどんな表情で聞けばいいのだろうか。

「嘘つきだったり、意地悪だったりすることはない。何か犯罪を犯したりもしてないと思う。だけど、何一つ、いいこともしてない、そんな人」

朝日はたんたんと言った。

「嫌いなの、お姉さんのこと」

「好きとか嫌いとか考えたこともないな」

彼女は小さくため息をついた。

「歳も離れてるし、一緒に住んだ時間も短いしね」

それ以上何も言わなかった。

「へー、朝日ちゃんと付き合ってるんだ」

夜月という人は、そう言うとニコッと笑った。

身体にぴったり張り付くような胸の開いたニットを着て、きゅっと締まった腰を強調するフレアスカートをはいていた。けれど、髪を一つに束ねていたからか、べたべたとした女性らしさは感じられなかった。むしろ、少し化粧の濃い、ヨガ教師のように見えた。

きれいな人だ、と素直に思った。朝日とタイプは違うけど、目元と鼻筋が通っているところがよく似ている。唇にふっくらと厚みがあるので、色気がある。

夜月は透が渡した名刺を見て、「同じ会社なんだね」とさらに言った。朝日が自分について、どう話しているのか気になったけれど、その様子を見ているとほとんど何も説明していないのだ、とわかった。けれど、そのことにどういう意味があるのか、と考える間もなかった。勧められたカウンター席の、隣の男が「飯島大輔です」と言ったからだ。

　これか、これがあの、「夜月がノンバンクでつまんだ百万の保証人の男」か。隣に座れば、そのあたりの事情もわかってくるかもしれない、さりげなく話を向けてみよう、と思ったが、その必要もなかった。

「朝日の彼氏かあ。へー。おれ、飯島大輔、イイジマスーパーで店長やってます。朝日とはね、もう、家族みたいなもんなの。妹みたいな。あと、夜月とは昔付き合ってたから」

　それから、隣に座る、若い男の肩を叩いた。

「こっちは森野俊生（もりのとしき）君。普通のサラリーマンで、やっぱり三人屋の常連」

　森野です、とくぐもった声で男が頭を下げた。こちらこそ、と言いながら、ふっと合った視線が鋭い。え、と見返した時にはすっとそらされた。その後、森野はほとんど話さなかった。

「おれはね、夜月と朝日と、あとまひるね、ここんちの姉妹のためなら、なんでもするから。ほら、もう家族みたいなものだからさ。おれと夜月は付き合ってたし」

「それはもう聞いた」

朝日がぶっきらぼうにさえぎるが、彼はまったく気にせず続けた。

「なんなら、夜月とおれは結婚してもおかしくなかったんだから。そういう感じだったの、昔は。だから、もう、朝日も義理の妹みたいなものだから」

「だから、それも聞いたって」

「本当だよ、朝日のためならたいていのことはしてやるよ、このお兄ちゃんが借金の保証人だってなんだって」

思わず、夜月の表情を盗み見てしまったが、無表情だった。

「なるほど」

入って二分、座って一分でわかった。彼が保証人になった理由。

「いや、今日はさ、携帯屋の店長が転勤になるって言うから、その送別会をここでするってことになってて、森野君も呼んだんだよ。だけど、そいつがぜんぜん来ないわけ」

「へえ、携帯屋の」

透が何気なくあいづちを打つと、朝日が言った。

「あの男がここに来るわけないじゃん」

「そうかな」

「大ちゃん、本当に、あの携帯屋の送別会をここでやる気？　正気？」

「だって、夜月に聞いたら、いいって言うから」

「お姉ちゃんは、売り上げになるならなんでもいいって言うでしょ。だけど、あの男は」

「違うって」

夜月が静かにつぶやくと、朝日が黙った。それを合図のように、夜月は煙草をくわえた。

「もう、最後だし、どうでもいいと思ったの。どうせ、これが終わればあの男はここからいなくなる」

夜月が煙を吐き出しながら言った。

「あんたが言うように、きっとあの男は来られない。そんな度胸ない。逆に、来るなら、ちゃんとけじめをつけるってことでしょ。それを見極めてやろうと思って」

携帯屋の店長と、何があったんだろう、と知りたかったが、誰も説明してくれそうもない。ならきっと聞かない方がいい話だと、透は作り笑顔を貼り付けていた。

「お飲み物、何にしますか。お腹空いてます？」

近くに立っていたボーイが声をかけてくれた。

「あ、じゃあ、ハイボールで。お腹は普通に空いてます」

「ハイボールのウィスキーはご指定ありますか」

「特に……日本産の適当なやつで」

「じゃあ、おつまみ、適当に並べますね。今日は、夜月が作った南蛮漬けがおすすめ。小アジのいいのが入ったから。朝日も同じでいい？」

見た目は女性らしいが、話し方や気配りはサバサバしている夜月とは真逆で、彼は美少年なのに物腰や心遣いがいちいち女っぽかった。

「最近、夜月よりもぼくがママみたいって言われちゃって。看板娘の理人でーす。よろしく」

「確かに、理人がいろいろやってくれるから助かってる」

夜月がぶっきらぼうに褒めた。

「おかげであたしが酒を飲んでても、店が回る」

理人が出してくれた、だし巻き卵、南蛮漬け、胸肉を使ったから揚げはどれもおいしかった。彼らの付かず離れず、といった接客も悪くなかったし、時折挟まれる、夜月と理人の漫才のようなやりとりも、腹を抱えて笑ってしまった。これはちゃんと営業しているスナックだ、と感心した。

それでも、この女は大阪の大物の「顔役」から数百万を引き出した女だということが忘れられない。透はどんなに笑っても、自分の腹の中に、どこか冷たい一部分があるのを感じた。よいスナックであればあるほど、手慣れた接客であればあるほど気が許せない、という気持ちはどんどん大きくなる。

「……来ないね、望月」

九時を回ると夜月がぽつりと言った。

店長は望月というのか、そして、やっぱり、彼女もあんなことを言っていても、少しは気になっているのだろう。

皆、もうかなり酒が入ってきていた。夜月が口火を切ったような形になって皆、口々に言った。

「来ないよ、望月」

「男らしくないもん、望月」

「あんなことして、どの面下げて来る気なのか、望月」

「……その、望月という人は何をしたのですか」

思わず、透は尋ねた。もう二時間近くも話しているし、酒にも酔ったし、そろそろ聞いてもいいだろうと思ったのだ。

「ちょっと、トールちゃんっ」

朝日が軽くにらむ。

「いいじゃないよ、そりゃあ、知りたいわよね、望月のこと。これだけ皆が望月、望月言ってたら」

「知ったっていいことないわよ、望月なんて」

「だけど、望月を透さんだけが知らないのも、ねえ」

「あのね、望月っていうのは、このラプンツェル商店街の携帯屋の店長だったんだけど」

　にらんだ割に、朝日が率先して話してくれた。

「まだ店長、今日までは」と大輔が訂正する。

「うるさいね。まひるお姉ちゃんをたぶらかして、付き合って、捨てた男。まひるお姉ちゃんには子供いるの、最初から知ってたのに、子供のお父さんになんてなれないとか言い出してさ」

「なるほど」

　やっぱり聞かなきゃ良かった、と軽く後悔する。

「それが今日、他の携帯屋に移るって言うからさ、大ちゃんが送別会をここでやるとかって……信じられないでしょ」

「どうせ来ないし」

「じゃあ、送別会やるなんて言わなきゃいいじゃないの」

「それは……通りで顔を合わせて、つい。かわいそうだろ、誰にも見送られずにここから出て行くなんて」

「どこに行くの？」

「渋谷の支店だって」

はあ？　と姉妹が仲良く声を上げた。

「渋谷？　目と鼻の先じゃない。なんで、そんなんで送別会なんて必要なのよ」

「そうよ、そうよ、よくもまあ、のこのこと。まひるお姉ちゃんにあんなことをしておいて」

朝日が彼の席になるはずの、予約席をにらむ。

「……でも、男女の仲なんて、本当のところ、どっちが捨てたのか、捨てられたのか、わからないし。本人たちにしか」

美少年、理人がスマホを見ながらつぶやいて、客席がすっと静まった。

「なんなの、理人、あの男の肩持つの？　あんたが、そうやって営業中にスマホいじってても務まる職場にいられるのは誰のおかげよ」

さっき褒めたことも忘れたように、夜月が言った。

「別に。肩なんて持ってないし」

理人はスマホから顔を上げた。

「そんなに気になるなら、呼んできたらいいじゃないですか」

「呼んでくる？」

「誰が？」

「一也が同じマンションに住んでいるんだから、頼んで呼んで来させればいいんですよ」

「ああ、確かに」

「一理ある」

　夜月以外が感心したように、うなずいた。

「夜月だってこの際だから、言いたいことを全部言ったらいいんだよ」

　理人が提案すると、夜月がしぶしぶ、というようにうなずいた。

「じゃあ、ぼくがＬＩＮＥで送るよ。いいね？」

　また、スマホに顔を落とした。

「……その、携帯屋さんはどんな人なんですか」

　自分でもやめればいいのにと思いながら、透はつい聞いてしまった。

「普通の男よ」

「いや、最低だって。まひるに子供いるから、結婚なんて望まないと思ったってしらっと言ったらしい」

「だから、それも含めて、普通の男だってこと。顔はね、ちょっとかわいいよね」

夜月がつぶやく。

「うっそ、ママ、男、見る目ない。あの程度でイケメンとか言って」

「イケメンとは言ってないじゃん。かわいいって言ったの」

「どう違うの？」

「ラグビー選手は皆かわいいけど、イケメンじゃないじゃん」

「なるほど」

「それより、望月だよ。望月はどんな男かってこと」

「よく知らないのよね、結局。ここにも一度か二度来ただけだし」

「私なんて話したことないもん」

朝日が言う。

「最初の頃、よく働いてたわよね。一人で」

「あの店、基本ワンオペだからさ、店長一人でいつ休んでるんだって皆、心配してたくらい。夏祭りにもちゃんと顔出してたじゃない」

「だけど、ここ最近、店、開けたり閉めたりで、休みがちだったよね。朝も時間通りに開いてないこと多かったし」

「それが本社にバレて渋谷店に異動になったらしいよ。一人じゃ任せられないって」

大輔が口を挟んだ。

「そうだったんだ」

「ずっと頑張ってたのに一度休んだら、気持ちが切れちゃったみたい」

理人が説明した。

「一也、遅いわね」

「そりゃ、きっと望月がしぶってるんでしょう」

待っている間に、その一也という男の話も聞いた。受賞第一作をまだ書けていない小説家で、休日などに在庫の補充や整理などをしてこの店を手伝っているらしい。その対価に、いくばくかのお金と住まいを夜月から受け取っているのだそうだ。

「まあ、これも一種の、社会貢献？　文化的貢献と言ってほしいわ」と夜月は説明した。誰も何も言わなかった。

もしかして、夜月は彼と付き合っていて、面倒を見ているのかな、と透も察した。

小一時間ほどして、ちりんちりんと入り口のベルが鳴った。

びしょびしょに濡れた傘を持った、若い男が入ってきた。

「一也、やっと来た」

「雨降ってるの？」

「はい、結構、土砂降りでしたよ」

夜月が奥からタオルを持ってきて、渡した。

「望月は？」

「それがちょっと……」

「やっぱり、来ないんだ、あの男」

「でしょ、だから、無理なんだって」

「そんな簡単に来るわけないじゃん」

女性たちが口々に話している中で、一也と呼ばれた男が手を上げた。

「その代わり！」

皆、静まり返って彼を見た。

「僕、手紙を預かってきました」

おお、というような声がじわりと店の中に広がった。

「今日は引っ越しの片付けがあるから来れないけど、これを代読して欲しいってことで」

一也がポケットの中から、くしゃくしゃになった紙を取り出した。それは雨に濡れ、よれよれでちぎれそうになっていた。彼はそれを丁寧に広げた。

「ラプンツェル商店街の皆様、今日は僕のために送別会を開いてくださり、ありがとうございました。ただ、明日の朝九時に引っ越しのトラックが来ることになっているのですが、まだ部屋が片付いておりませんので、今日は欠席させてください。本当に、皆様にはお世話になりました。長い間、ありがとうございました」

一也が望月の代わりのように、深々と一礼した。

「それだけ？　これだけ待たせて、まひるにあんなことして、たったそれだけ？」

「こんな手紙のために、一時間近く待たせたの？」

女性たちが悲鳴のような声を上げる中、大輔が一也を手招きした。

「まあまあ、一也君もご苦労様だったな。一杯飲めよ」

「はい、いえ……」

一也はそのまま立ちすくんでいた。

「もしかして、それ、あんたが書いたんじゃないでしょうね」

理人が一也に尋ねる。

「違うよ」

一也が慌てたように、手を振った。

「この、くっそ小説家ならやりかねないよ」

「本当に違うって、僕ならもっとうまく書くし。馬鹿にしないでよ」

「まあ、確かに」

そして、一也は一度息を大きく吸うと、意を決したように声を上げた。

「あの、すみません。あの、僕、今ここに来るまでに思ってたんですけど」

「何よ」夜月がぶっきらぼうに尋ねる。

「ちょっといいですか。僕、考えたんです」

「だから、何を」

「ラプンツェル商店街に義理を果たさないとこうなっちゃうんだな、って。ちゃんとしないとこんなふうに皆さんにいろいろ言われちゃうんだなと」

「いや、あいつは特別よ。やったことがえげつないんだもん」

夜月が言ったのに、一也の耳には入っていないようだった。

「だから、思い切って、ちゃんとすることにしました！」

「え、だから、何を？」

「夜月さん、結婚しましょう！　よろしくお願いします！」

「えー」と声を上げたのは、自分が一番早く、一番大きいのではないか、と透は思った。夜月本人は何も答えず、表情も変えていなかったから。

今日会ったばかりで、どこの誰だか、苗字もろくに知らないが、一也君、それはいけない、その女は借金を抱えているぞ、ノンバンクでもつまんでいるぞ、そして、その保証人は君の前で目と口をあほみたいに開けている、この男なんだぞ！

しかし、それを言うわけにもいかず、透は視線を、一也、夜月、朝日、大輔、理人に代わる代わる移すしかなかった。透の目に、そのスナックの中で起きていることは、ゆっくりとスローモーションのように見えた。

夜月の店での衝撃的プロポーズから二週間後、透が会社で残業をしていると、スマートフォンが鳴った。祖父からの着信だった。

「透？　お前、会社か？　今からこっち来い」

もう、かなり酒が入ってると電話越しでもわかる声だった。

「こっちってどこ、お祖父（じい）ちゃんの家？」

透が時計を見ると、八時を過ぎている。すべての仕事が終わったわけでもないが、明日に回しても大丈夫なものだけが残っていた。

「いや、夜月ちゃんの店」

「え？」

思わず、椅子から立ち上がってしまうほど驚いた。周りの後輩や同僚がパソコンからいぶかしげに顔を上げた。

「夜月ちゃんていうのはさ、お前の婚約者のお姉さんの……」

「知っているよ」

知らないわけがない。

「あ、じゃあ、話は早いな。お前の会社からだと新宿に出てから私鉄で……」

「だから、知ってるって。それよりなんでそこにいるんだよ、お祖父ちゃんが。なんで、夜月さんの……三人屋にいるんだよ」

「あれから、まあ、一回、建物を見てみっかって来て、それからすっかりお世話になっちゃって」

お世話になるってなんなんだよ……透は思わず天を仰ぐ。

「ちょっと待って、夜月ちゃんに代わるから」

「あ、透君？」

スマホを奪ったのだろう、夜月の声が聞こえてきた。

「そういうわけで、お祖父様すっかり常連になっていただいちゃって。こちらの方がお世話になっているのよ」

その声の調子からは怒っている様子はない。少しだけ安心した。

しかし、朝日はそのことを知っているのか。あれから二人きりで会う機会はなかったけど、会社では毎日のように顔を合わせている。特に何も言っていなかった。

「じゃあ、お祖父様に代わるわね」

「だからさ、とにかく、こっち来いって。話したいことがあるんだ。経費にしてやるから、タクシーで来ていいぞ」

祖父の一番機嫌がいい声が聞こえる。

透は言葉の途中から、背広を引っかけていた。

「この間、不動産屋にここの登記簿調べさせて、身上調書みたいの作らせたじゃん」

ああ、それ言っちゃうんだ、なんの飾りも配慮もなく、ぶしつけに言っちゃうんだ、透は頭を抱えたくなるのをどうにかこらえる。

「で、住所はわかったし、お前に聞いてもその後なんにも教えてくれないし、とにかく、その借金の主はどんな女なんだろうと思ってさ。大阪の、夜の顔役からろくな抵当も保証人もなく、ぽんと二百万引き出す女はどんなもんだと顔を見に来たわけよ」

透は横目で夜月の顔色をうかがう。今夜も煙草をくゆらしながら、苦笑していた。

「そしたら、いい店だねえ。食べものはおいしいし、雰囲気はいいし、夜月ちゃんは美人さんだし」

今日は飯島大輔はいない。透と祖父の他は、サラリーマンの二人組が端で静かに飲んでいるだけだ。

「そっちの子は、俺のこと、タイプだとか言ってくれるしね」

理人のことを指さしながら言う。

「え、理人君が？」

この紅顔の美少年が祖父をタイプだと？

「本当だよ、ぼく、加納さんみたいな人、結構、タイプ。フケ専だからね」

理人がグラスを磨きながら、さらっと言う。彼がお世辞でそんなことを言うとは思えなかった。

「いやあ、生まれてこの方、女にも男にも、タイプなんて言われたことないからさ」

あはははは、とまんざらでもなさそうに笑う。

「すっかり入り浸っちゃって」

「入り浸るって、何回来てるの？」

「そうねえ、二日にいっぺんは来てもらってるから、五、六回はいらっしゃったかしら」

「本当にすみません」

透は思わず、カウンターの上に頭を下げた。

「とんでもない、うちはお客さんが一人でも増えればありがたいんだから」

「ちゃんと、ボトルも入れてんだぞ」

祖父が偉そうに、胸を張る。

「当たり前だろ」

「透、いいじゃん、お祖父ちゃん、おもしろいし」

理人が口をはさむ。

なんで、お前は呼び捨てなんだ、身内じゃないし、今後も親戚になる可能性さえないのに。

「それでさ、夜月ちゃんともいろいろ話したんだが」

祖父が言う。

「まず、提案したのは、この店を俺が買い取ることだ。二番抵当も含めて、きれいに買い取ってやる。それで、適正な家賃でこちらの姉妹に貸す」

「え、それ決まったの」

「いや、夜月ちゃんはそれは絶対嫌だと言うんだな。お父さんの店を売るのは嫌だと。だけどさ、お前らが結婚したら俺ら、親戚になるわけだし、もちろん、かなりの金額を提案したんだがな。二番抵当まで入ってる建物にしたら破格の値段で」

透はもう一度、夜月に深く頭を下げた。この人は自分の愛する婚約者の姉なのだ。

「いやもう、すみません。祖父はこういうことしか言えない人なんです。失礼ですけど、お金のことしか言えない男なんで」

「いいの、いいの。お祖父様が悪気で言ってくれているわけじゃないのは、よーくわかってるから。むしろありがたいお申し出よ」

夜月は微笑む。透は、祖父がこの店を気に入った理由もわかるような気がした。

「悪気なんてあるわけがないじゃないか。ただ、俺は、自分の係累に、なんかそういうごちゃごちゃっとした借金とかあってほしくないわけよ。銀行さんのローンとかじゃなくてさ、そういう、個人的な借金みたいのがあってなんとなく頭が上がらないみたいの、嫌なのよ」

祖父はぐっと水割りをあおる。

「だからさ、その、第二抵当の借金、俺がお金貸すから、返してこいって言ってるの。その、大阪の顔役だかなんだかわかんない男に親戚が借りがあるなんて嫌なわけさ。それからノンバンクの方も金貸すからきれいにしてこい」

「いや、だから、親戚じゃねえし」

夜月が小声でつぶやいた。

「これから、朝日ちゃんとうちの透が結婚すれば親戚さ。俺に返すのはいつだっていいんだから。なんなら、俺が死んだら、借金はチャラにするっていう遺言書いてもいいし」

そこまで言うと気が済んだのか、ちょっとおしっこ、と言って、祖父は立った。

「本当にすみません」

祖父の背中がトイレの扉に消えると、透はこの日、何度目かの頭を下げた。

「いいから、いいから。透さん、ぜんぜん飲んでないじゃないの。ぐっと空けちゃってよ」

「はい……」

勧められて嫌とは言えない。透がハイボールをやっと口にすると、夜月が言った。

「お祖父様のこと、朝日にはまだ話してないけど、どうする？　あたしから言った方がいい？」

透はしばらく考えた後、意を決して「お願いします」と言った。

「順番通り、夜月さんから朝日に、うちの祖父が来たと言っていただいて、それを朝日が僕に伝えてくれて、すべての事情を最初から話すのが結局、一番、自然な気がします」

「じゃあ、そう言っておく」

「ありがとうございます。本当に何から何まで」

もう、逃げられないな、と思った。腹をくくって、すべてを話さなければ。

「最初から全部、正直に話したらいいわ。ただね、借金のことは」

夜月は自分のグラスの飲み物をぐっとあおった。

「返せる借金じゃないのよ」

「え？」

「返すなんて言ったら、逆に怒られちゃう。田所さんっていうのはね、いい人なんだけど、人にお金を貸すことでつながっていたいタイプだから、簡単に返すって言えないの。その辺のこと、透さんからもお祖父様に話してくれない？」

夜月は、お願い、と手を合わせた。

「もちろんですよ」

「それに、いくらお祖父様がお金持ちだからって、お金なんて出してもらえない。朝日に婚家で肩身の狭い思いなんかさせられないからね」

「あ、この借金のことは」

「知ってる。朝日もまひるも」

透はそれだけはほっとしてハイボールをもう一口飲んだ。

「そう言えば、プロポーズどうするんですか」

「プロポーズ？」

「ほら、この間の、一也君の……」

「ああ、あれか」

夜月が面倒くさそうになった。

「しようと思って」

「え？」

表情や口ぶりとはまったく違う答えが聞こえた。

「結婚、してもいいかな、と思ってる」

「ええええ？」

そこに祖父が戻ってきた。

「さ、飲み直すか、夜月ちゃん」

「はいはい、お酒作り直しますね」

「そんなことより、夜月さん、今の本気ですか」

夜月は、しっというように唇に指を当てた。

「あんた、あたしのことより、自分の結婚でしょう。そっちをちゃんとしなさいよ」

長い夜になりそうだった。


「お姉ちゃんの借金がわかったのは、『三人屋』として再出発するってなってまもなくの時ね」

朝日が静かな声で言った。

「私たちもうかつと言うか世間知らずだったんだけど、ケンカばっかりしてて、店のことがどうなってるかなんて調べようとも思わなかった。やっと三人がまとまって、看板も掛け替えたあとに、『実は借金がある。この店を抵当に入れてる』って聞いて、本当に大変だったの……また、もう一度、口を利かなくなったくらい」

「そうだろうね」

透と朝日は会社の近くの公園で、玉子のサンドイッチを食べながら話した。

その後、朝日から連絡があり、「お祖父様のこと聞いた」と言われた。すぐに会って説明したいと言ったのに、彼女の方が「忙しい」と言ってなかなか捕まらなかった。実際、彼女の上司の、女性係長が妊娠のために急に退職することとなり、事務引き継ぎやら送別会やらが重なっていた。夜の時間はほとんど残業や飲み会が入っていたので、やっと昼の時間に約束した。どこか落ち着いたところでご飯を食べようと提案したが、朝日が指定したのは公園で、『三人屋』の残りものの玉子サンドを食べることになった。

「だけど、実際は地銀の借金はもうほとんど返していて、一度も滞納がなかったのもわかったし、個人の借金は返さなくていいと言うでしょ。お姉ちゃんの話を聞いて、仕方なく納得したの。ただ、結局、そういうわけでなんとなくずるずると遺産相続も滞ったままになってる……お姉ちゃんも今、権利とか保証人とか変えると書類が面倒だとか言うし。まあ、相続はいつまでにやらなくちゃならないっていう規定はないって言うし、財産放棄の期限も過ぎちゃってるしね。たぶん、地銀の借金を返し終わった頃に、ちゃんと話し合うんじゃないかな。そう急いでも仕方ないし」

「そうか」

「でも、今日、話したいのはそういうことじゃないでしょ」

　朝日が向き直った。

「いったい、どうしてこういうことになったの？　すべてを話して」

「もう、少し、わかってるんだろ」

「少し……はね、会社の噂とかもあるし」

「僕のこと、噂になってるの？」

　朝日はコーヒーを飲んだ。透が用意したのは、このコーヒーだけだった。せめてもの気持ちに、家から保温できる水筒を持ってきて、彼女が好きな珈琲屋のそれを詰めてもらってきていた。

「なんだか、加納さんはお金持ちだって。あの、マンションの部屋は自分のものなんでしょ」

「知ってたの？」

　朝日が上目遣いに言う。

「でも、トールちゃんがあくまでも別の部屋を探すっていうから、何か理由があるのかなって思ってた。こちらから言うのも……なんかマンション目当てって思われても嫌だし」

　それで、透は話した。最初から、全部。

マンション一棟、全部が自分のもの（ローンはまだたくさんあるけど）だということ、祖父母の仕事、財産、その中で、三人屋の登記簿と事情を調べさせたこと。

「あのマンション一部屋がトールちゃんのものだということじゃなくて、建物全部が自分のものってこと？」

「そう」

「なんか、意味がよくわかんない」

マンション以上に朝日が強く反応したのは、夜月がノンバンクから飯島大輔を保証人に百万ほど借りている、というところだった。

「あいつら……マジか。信じられない」

「あ、でも、お姉さんは、僕らがそれも援助したいって言うのを断ったんだよ。朝日に肩身の狭い思いはさせられないって」

「そんなこと、聞いても、なんの慰めにもならない」

ローン返していても、足りない分高利で借りてたら、なんにもならないじゃんか、と唇を噛み締める。

「本当にだらしないんだから」

「あのさ」

透はそっと尋ねた。

「許してくれる気はあるの？　祖父や僕がしたことの方は、許してくれる可能性はあるの？　君の家のことを調べまわったこと、ずっと嘘ついていたこと」

「うーん」

朝日は、考え込んだ。

「まだ、正直、わからない。働かなくていい、なんてこと、今、急に言われても」

「そうだよね、急に言われてもね」

「いまいち、理解できてないし……自分の家族や子供たちまでも働かなくてもよくなるかもしれない、とか、あんまり良くない気もするし」

「だよね、だから、そんなに資産を増やさなければいいんだよ。別に祖父母たちの言う通りに投資しなければいい、それだけのことだよ」

「だいたい、自分だって、もしも、もう働かなくていい、ということになった後、会社でどんなふうに振る舞うか、わからないし……でもたぶん、まだ働いていたいかも。結婚後も働く気でいたしね」

「ああ、それはそう。もちろん、それでいい」

「それでいい、とかやめて。私が決めること。トールちゃんが決めることじゃない」

ぴしゃりと言われた。

「あ、ごめんなさい」

もう、なんでもすぐに謝ってしまう。

「あとさ」

「うん」

「今気がついたんだけど、トールちゃんの好きなところ、ガツガツしてなくて、会社でもめちゃくちゃ仕事ができるとかじゃないけど、余裕があって、大人だなって思ってたんだけど」

「ありがと」

「その魅力、もしかして、全部、お祖父さんの財産のおかげだったのかもしれない、ってちょっと思えてきた」

「そんなあ」

「絶対ないって言える？」

「……言えないけどさ」

「でしょ」

「あのさ、僕も聞きたいことがあるんだけど」

「何？」

「本当に僕のこと、好きだった？」

「え」

朝日が驚く。

「もともとさ、本当に僕のこと、好きなのかなあ、ってちょっと思ってた。告白したのもこっちからだし、いつも、こっちから誘ってるし。だから余計言えなかった。財産のこと」

「だから、今、言ったじゃん、トールちゃんの魅力を」

「お金に裏打ちされた魅力だけど」

朝日がふふふふふ、と笑う。

「そろそろ行こうか」

朝日は玉子サンドの包み紙をたたんで、膝をはたいてパンくずを落とした。

「まあ、もうちょっと考えさせてもらうわ」

「あ、もちろん、それでいいから」

二人は揃って、ベンチから立ち上がった。

「私、コンビニに寄ってから会社に帰る。買い物があるから」

「うん、じゃあね」

公園の出入り口で、バイバイ、と手を振って別れた。

一人で歩き出して、ふっと立ち止まる。慌てて振り返った。まだ、朝日の後ろ姿が見えた。

彼女の存在、温かみのようなもの、それがかたわらからなくなってふっと怖くなる。もし、このまま、一人になってしまったらどうしよう。駆け寄ろうとして、自分を抑える。たとえ、今、近づいても、彼女にかける言葉がない。

すると、奇跡のように、朝日が振り返った。目が合う。

走って彼女に近づいた。

「何?」

彼女が尋ねた。

「全部、売ってもいいから」

「え」

「マンション、全部、売ってお金を祖父母に返してもいい。そのまま、マンションごと返してもいい。税金はすごくかかるだろうけど、でも、かまわないよ。朝日がそうして欲しいなら、そうする」

朝日はゆっくりと微笑んだ。

「また、今夜、話しましょう」

そして、また小さく、バイバイと手を振って歩いて行った。

透はずっと彼女の後ろ姿を見ていた。

5．飯島大輔（39）の場合

いらいらするっ、って叫ぶネタやってたのって、誰だっけ。

イイジマスーパー店長、飯島大輔は、カフェで朝ご飯を食べながら考える。

駅前のチェーン系のカフェ、格安でモーニングが食べられるのはいいが、店長は本社から派遣された人間だから、ここの街の人間ではない。まあ、挨拶ぐらいはする。

商店街は都内にあっても、田舎と一緒だ。部外者と昔からの人間との間にはちょっとした壁がある。

夜月たち、志野原姉妹がやっていた「三人屋」が朝食をやめてから、あのうまいトーストを食べる機会もなくなってしまった。末っ子の朝日が就職と同時に朝のサービスをやめ、まひるも昼のうどん店をやめ、サンドイッチを売るようになったからだ。

「この街も、変わったな」

思わず、昔のウエスタン映画のような独り言が出てしまう。

この店のモーニングだって、消費税値上がり前まではコーヒーとホットサンドイッチのセットで三百九十円だったのに、今じゃ、二百五十円のサンドイッチに飲み物を選んで、そこから五十円を引いて、さらに消費税だ。

妙に複雑な仕組みにして、一番安いコーヒーを選べば十円程度の値上がりだが、これまでみたいにカフェ・オレを選んだらなんだかんだで五十円くらい高くなってしまう。

微妙だけど、確実に値上がりだ。

大輔だって、親のスーパーで働いているだけでも一応は経営者の端くれだから、消費税の仕組みくらいはわかる。店が悪いわけではないのも。

だけど、じわりと何かが変わった。この街みたいに。

何かが確実に変わっているのに、皆、見て見ぬふりをしている。

ほんの少しの値上がりを消費税増税にくるんでごまかすのと同じだ。

「三人屋」の朝日が婚約したというニュースはラプンツェル商店街を駆け巡ったが、長女の夜月までもが婚約した。

ヒモ同然に「飼っていた」、売れない小説家にプロポーズされて、了諾したのだ。

あんな男で大丈夫なのか。

夜月は毎晩、三人屋で「だめな男だけど、小説家だからね」と煙草をくゆらせている。

彼が喫茶店で時々、女性編集者と打ち合わせしているのを見かけるが、だいたい、下を向いている。そして、「話の筋が見えない」「どこがおもしろいと思っているんですか」「結局何を言いたいんですか」などという言葉が聞こえてくる。編集者の声が大きいから丸聞こえなのだ。

どうも、新進気鋭の小説家、には見えない。ネットを検索したりすると、そういう肩書きが書いてあるけど、あれはお世辞というかあおり文句なのだろう。小説を読みもしない大輔にもそのくらいのことはわかるのだ。

一方で、大輔には夜月の気持ちも理解できる。

いい歳の水商売の女、そして、そのヒモである、売れないけど高尚な文章を書く小説家。

絵になるなあ、と思っているんだろう。たとえ、捨てられたり、別れることになったって、それも含めてそれこそ、「物語」になる。

意識的か、無意識かわからないが、夜月が好きそうな話だ。そして、それは彼女の父親が売れない音楽家だったことにもつながっているはずだ。

「大輔さん」

「おう」

呼びかけられて顔を上げると、近所に住んでる森野俊生だった。

街に来た頃は紅顔の美少年風だったのに、ずいぶん変わった。こいつも歳を取ったなあと、彼の喉仏の剃(そ)り残された髭(ひげ)を見ながら思う。

「今夜、三人屋行きます？」

あたぼうよ、と前なら即答するところだったが、今は一瞬、言葉を濁してしまう。あたぼうはわざと使っていた。さすがにいくら東京生まれだって、今時そんな言い方しない。

「どうすっかなあ」

「行きにくいんですか、やっぱり」

森野は知った風にうなずく。

やっぱり、というところに引っかかる。

「別に」

機嫌の悪い女優のようにそっけなく答えた。

「わかりますよ、そりゃ、昔の彼女が他の男と婚約したら会いにくいですよね」

こいつ、そこまではっきり言うか。

「だから、別に気にしてないって」

「他の店、探しておきますから、飲み行きましょうよ。ちょっと話したいことがあるんです」

そこまで言ってもらったら、急に機嫌が直った。

「お前がそこまで言うなら、行ってやってもいいけど」

「じゃあ、夕方までにＬＩＮＥしますよ」

「はいはい」

わざと面倒くさそうに、手を上げた。

「盗っちゃいましょうよ」

森野は最初の生ビールをぐっと空けたあと、唇の端に白い泡をつけたまま、そう言った。

森野が見つけてきた店は、ラプンツェル商店街のある駅から二つ、都会に近い駅にあった。新宿や渋谷のような大きなターミナル駅ではないが、二つの線が乗り込んでいる小ターミナル駅の駅ビルの中に入っていた。

店内の音楽が騒がしく、飲み物の色が激しく、一品の料理の値段は五百九十円くらいと一見安く見えて、実は量が少ない。やたらと具の大きいポテトサラダがおすすめ品として挙げられているような店だ。レストラン検索のアプリで、駅名と居酒屋、と入れたら、最初に出てきそうな店とも言えた。きっと、森野も適当に探したのだろう。

しかし、大輔は森野を責める気になれなかった。今のような気分にはこういう店がふさわしい気がした。

「何を？」

「夜月さん。あの男から盗っちゃいましょうよ」

森野はあの時、店にいたからもちろん、夜月と小説家が婚約したいきさつも一通り見ている。

「今、大輔さん、彼女いるんですか」

「いや」

「いないんですよね？」

「まあね」

「じゃあ、盗っちゃいましょうって」

なんだかなあ。

ここ一年くらいで、ラプンツェル商店街のみならず、自分の周りの状況ががらっと変わったのを感じる。消費税増税のレベルではない。

前は女に不自由したことがなかった。

自慢じゃないが、小学校六年生の時に夜月と付き合いだし、その後、何度も付いたり離れたりをくり返しながら、一度も女が切れたことがなかった。夜月と付き合ってない時は必ず、誰かがそれを聞きつけて告白してきた。

それが、数年前にキャバクラの女の子、江梨奈と別れ（彼女に、結婚はもう少し考えたい、と言った時にはブランドバッグの角でぶん殴られた。めまいがした）、その後、イイジマスーパーのバイトに来ていた大学生、雪乃と付き合って別れ（これは今でも失敗だったと思っている。社長である母親からもこっぴどく叱られた）、その後一年近く、今に至るまで次の女ができない。

正直、どうやって恋愛を始めていいのかわからない。今までずっと誰かが自分を取り合っていた。だから、自分から告白したり、女を捜したことが一度もない。

実は、その自覚さえなかった。雪乃と別れ半年ほど経った時、なんとなく、テレビを観ていて、婚活中の自分と同じくらいの年齢の女が「どうやって恋愛を始めたらいいのかわからないんです」と言っているのを聞いて、思わず身を乗り出してしまった。

これだ。おれの状態はこれだ、と。

「本当に、一度も告白したり、付き合ってくださいって言ったこと、ないんですか」

「ないよ」

しばらく考えて、はっと気づく。

「いや、一度だけあった」

「え、いつ？」

「小六の時。夜月に」

森野はじっと大輔を見つめたが、その目の中に、軽い憐憫の色があるのに気づいた。

「大輔さんて」

ややあって、森野は言った。

「ずっと、すごい男だと思ってたんです。憧れの人だって。仕事のことはともかく、こと、女に関しては自分には決して近づけない。その足下にも及ばない、すごい人だって。だけど、今初めて、なんかあなたがかわいそうになってきましたよ」

「そうか」

大輔は素直に認めた。自分にとって、自分がいいも悪いもよくわからないし、別に自分がすごい人間だと思ったこともない。自分以外の人間になったことも、自分以下の人間になったこともないのだから。

「結局、大輔さんは夜月さんしかないんですよ。あの人と一緒にならなくちゃ、きっと誰と結婚してもだめですよ」

「そうかな」

「だから、盗りましょう。それしかないんです」

「でもなあ、前に断られたことあるし」

「え、そうなんですか」

「ああ、それで思い出した。告白したことはそれ一回だけど、夜月に結婚とかそれっぽいことを言ったことはあるわ。別に」

「本当に？」

「うん、高校の時一回と、その後も一回」

森野は頭を抱える。

「やっぱ、だめなんだって。あんた、夜月さんじゃないと」

あんた、と彼が初めて言ったのに気づいた。

彼の中で自分への尊敬度がみるみるうちに減っているのを感じた。

「実は話っていうのは他でもないんです」

「うん」

「俺、聞いちゃったんですよ。あの男、小説家の先生の、中里一也の次の小説がすごくいいんだって」

「え」

「なんでもB賞まちがいなしだって、編集者にも太鼓判を押されているらしい」

「本当かよ」

「理人が言っているんだから、確かですよ」

「なんで、理人が知ってるんだ？」

「理人が一也に聞いたって」

思わず、ほっとしてため息が出る。

「じゃあ、結局、中里が勝手に言ってるってことじゃないか」

「そうかもしれませんけど、なんだか、いろいろあるらしいんですよ」

「なんだよ、いろいろって」

「そこをちゃんと教えてもらおうと思って、今日は理人も呼んでるんです」

「呼んでるって、ここにか？」

「ええ。あとで来ます。ここで飲んだ後、そのまま三人屋に行くって条件で」

「そりゃ、同伴じゃねえか」

クラブやキャバクラのホステスと飯を食って、一緒にその店に行くことは同伴出勤としてよくあることだが、まさか、三人屋に同伴するとは思わなかった。

「理人、男じゃねえか」

「しょうがないですよ、それが条件だって言うんだから」

「あいつ、いつからそんなに一生懸命働くようになった」

「まあいいじゃないですか。今日はそれは関係ない」

森野はまた店員に手を上げて、おかわりを頼んでいる。

「だいたい、あの男……あの、B野郎と一緒になって夜月さんが幸せになれると思いますか？」

「B野郎って」

「B賞崩れの、B野郎ですよ。B賞にノミネートされそうだって、いつも言ってる」

「ノミネートされたって取れなくちゃしょうがないじゃないか」

「だけど、ノミネートされるだけでもすごいことですよ。それに、本当に取れたら、本当のB野郎になる」

「本当のB野郎ってなんだよ」

思わず、ここに来て初めて笑った。

森野はおつまみのミックスナッツからピスタチオやカシューナッツなどの高そうな物ばかりよって食べている。ピーナッツばかりが残っていた。残りもののピーナッツを数粒取って、口に放り込んだ。

「しかし、本当かねえ」

「何が」

「本当にあの中里一也がB賞なんて取れるのかね、なんかいっつも、あの編集者っていうの？　文系女子って感じの女の子に喫茶店で怒られているじゃないか」

最近はもう一也は隠しもせずに、ラプンツェル商店街の喫茶店で打ち合わせをしている。

「いつも、ダメ出しばっかりされて、うなだれてるぞ。褒められてるの見たことない」

「よく見てますねえ。大輔さんも結構、気になってるんじゃないですか」

そんな話をしているうちに、理人が来た。

「お待たせ」

「理人、お前」

大輔は思わず言った。

「お前、隠さなくなったな」

理人は青いラメがびっしり付いた袖なしのタートルネックセーターを着ていた。

「何を」

彼はじろりと大輔をにらんだ。

「いや、いろいろ」

「いやんなっちゃう。あんたたちが来いって言うから、来てあげたのにそのいいぐさ」

もう帰っちゃうから、とふてくされた。

「理人君、ごめんごめん、大輔さんはこういう人だからさ」

「こういう人って、どういう意味？」

「こういう人って、どういう意味？」

大輔と理人はまったく同時に同じことを言って、思わず、顔を見合わせる。笑っているのは森野だけだった。

　理人は森野をどかせて、二人の間の席に座った。

「真ん中じゃなくちゃ嫌」

　こいつ、本当にどんどんめんどくさくなってきたよな、と大輔は思う。昔の夜月みたいだ。

「ね、理人君、大輔さんにも話してあげてよ。この間、話してくれたこと」

「なんだっけ？」

「ほら、あのB賞先生の中里君のこと」

　B野郎が、B賞先生になってる。

「ああ、あのことー」

　理人はメニューに顔を突っ込むようにして見て、「アボカドがのったサイコロステーキと、エビのサラダ、あとアップルパイ。アップルパイにはバニラアイスのせてね」とこちらの承諾もえずに注文した。そして、テーブルに肘をつきながら、ナッツをつまむ。

「おい、肘つくな」

「うざいなあ。お父さんみたい」

「行儀悪いし、何より、顎の形が崩れるらしいぞ」

そう言われると、意外と素直にそれをやめた。

「なんかね、一也に聞いただけなんだけど」

「うん」

「今書いているのは、結局、夜月さんとのヒモ生活のことだって」

「へえ」

「スナックの女のヒモをしながら、店にやってくる商店街の人たちの悲喜こもごもを……」

「どこかで聞いたような話じゃねえか」

「書いていたら、途中から編集者がどんどん乗り気になって、生き生きしててすごくいい、と」

「へえ」

「急に賞も意識して書きましょうって言い出して、本当なら先月くらいには発表できそうだったんだけど、雑誌に載せるのを遅らせていろいろ直したり、手をいれているらしい」

「ふーん。そのくらいならどうなるかまだわからないってことだよな」

「まあそうだけど、そんなこと、今までなかったくらいだって。編集長も良い作品だって褒めてくれているらしいよ」

途中から気のないそぶりで聞いていたけど、大輔も内心穏やかではいられず、心臓が変な風にどきどきしてきた。

「B賞を取ることになったら、もう、夜月さんとの結婚も決まりじゃないですか」

森野がこちらを見て言う。

「B野郎が本当のB賞野郎になっちゃうんですよ。一字違いだけど、かなり違う」

「B賞を取ったら、夜月、結婚するんだろうか」

「もう、一応、プロポーズはしていますけど結婚時期まではは っきりしてないじゃないですか。でも、ノミネートされたら、『B賞取ったら、結婚してくれ！』みたいなことになって盛り上がるかもしれません」

森野は一人興奮して、やべぇよ、そりゃやべぇよ、女子なら誰だって結婚しちゃうよ、とつぶやく。

理人が、二人の顔を交互に見て、「おもしれぇ」とつぶやいた。

あーあ、昨日は疲れただけだったな、と大輔はスーパーの店前で、大根を並べながら思う。

あのあと、理人に連れられるままに三人屋に行った。本当は行きたくなかったが、森野はなんだかやる気満々だし、理人はにやにや笑いながらこちらを見ている。帰ったりしたら後々まで馬鹿にされそうでついて行ってしまった。

タイミングの悪いことに、三人屋には中里一也がいて、物憂そうに飯を食べていた。執筆のあとの夜食を食べに来たらしい。

彼はカウンターの真ん中の席に座って、その前にはビールと小鉢が並んでいた。他に誰もいなかった。大輔は森野の後について座ったが、席は一番端になってしまった。ものすごく居心地が悪い。

なぜなら、いつもは真ん中に座っていたからだ。そこが空いていなければ、そのすぐ脇に。でも、そんなことはほとんどなく、だいたい空いていた。自分でも気がついていなかったけど、いつも店の中央にいたのだった。そして、他の常連たちもそれを許してくれていた。

でも、今、店の真ん中にいるのは中里一也だ。作家先生だ。自然、森野も遠慮気味に、一也に向かって「どううまくいってるの？」だとか、「やっぱり大変なんだろうね、小説を書くのは」だとか尋ねる。

それに「はい、なんとか」「いいえ、そうでもありません」だとか、失礼にならないくらいに、でも、かなりそっけなく答えていた。疲れているだけで悪気はないんだろうけど、なんとなく気に障る。

真ん中に座っていたのだって、他に誰もいなかったからだけで、たぶん自然なことなのだ。でも、ただ、飯を食いに来た人間で客でもないなら、気を遣って端に座れよ、と思う。金も払わないくせに。

だいたい、いつから急にこんなふうになったのだ。少し前まで、あれはただの「書かない小説家」、つまりニートで、スナックの下働きで、休日は夜月の運転手として酒や食材をまとめ買いしたのを運ぶだけの男だったじゃないか。

わりに気も良くて、大輔だって何度か飯を食ったり、酒を飲んだり、話をしておごったこともある。それがいつからこんなアンニュイな作家先生になったのか。

「一也、ご飯食べたら、部屋に戻っていいからね。気を遣って、ここにいなくてもいいから」

夜月が彼にご飯と味噌汁を運びながら、こちらをちらちら見て言う。

は？　気を遣ってるのはこっちなんですけど。そいつはまったく気を遣わずに常連客を押しのけて、真ん中に座り、機嫌の悪い顔を隠しもせずに酒を飲んでるだけじゃないか。

「大丈夫だよ。気を遣うのは嫌いじゃないから」

一也は無表情のまま言う。

おいっ。そこは「気なんて遣ってないよ」だろ。お前、だったら少しは愛想良く笑顔でも作れ。ぶーたれてそこにいんな。

「でも、早く寝た方がいい。明日も頑張るんだから」

　夜月、お前は受験生を持った母親か。背中なんかさすってるんじゃない。

「なんでも食べたいもの言ってよ、作るから。あたしにはそんなことくらいしかできないし」

　夜月のためにも心配になる。そんな母親みたいなことばかりして、二人はうまくいくのか。母親づらした女と若い男がいつまで付き合っていられるのか。

　そして、そんなやきもきしている気持ちを知ってか知らずか、理人はカウンターの中でグラスを磨きながらにやにやしてこちらを見ていたっけ。

「大輔、奥のフルーツトマトの上にリンゴがのっちゃってるから、早く片付けてよ！」

　社長である、彼の母親が怒鳴っている。

　あー、めんどくさいと、返事もしない。

　いや、本当に、いったい、少し前と今と何が変わったというのだろう。

　一也が傑作を「書きそうだ」というだけで、それは編集者のお墨付きがあるらしい、っていうだけで、まだその作品を完成させたわけでもないのに。

　大輔はつい聞いてしまった。

「あのさ、ちょっと聞いたんだけど、なんでも、なんか、あんた、頑張ってるんだって？」

いろいろ遠慮したり、迷ったりしたあげく、変な質問になってしまった。

「はあ」

また、言葉少なに一也はうなずく。

「で、本当なの？　次の本は大傑作？　大ベストセラーになるっていうじゃないの」

「僕が言ったんじゃありません。編集者がそう言うんです。まだ五十枚くらいしか書いていない時に渡して読んでもらったらかなり手応えがあって」

「ふーん」

「それに、本じゃありません。まだ原稿の段階なんで」

「は？」

「本になる前に、まず原稿を書いて、それを雑誌に掲載するんです。まずはそこで発表ということになります。本になるのはそのあとです。だいたい、百枚程度の作品じゃ、一冊の本になるには少なすぎるし」

どうでもいい、そんなこと、心底、どうでもいい。意味もよくわからないし。けれど、一也先生には大切なことらしい。腕を組んで、うんうん、と一人でうなずいていた。あの表情、気に食わない。

「大輔！　早く奥の片付けやっちゃってよ！」

また、母親の怒鳴り声がする。

「まだ、こっちが終わってないんだよ！」

怒鳴り返して、大根に手を伸ばした時に、

「大輔」

女の声が降りかかってきた。顔を上げると夜月だった。

「コーヒーでいい？　インスタントだけど」

昨夜来たばかりの三人屋にまたきていた。

夜月は両手に買い物袋を下げていた。スナックで出す料理の下ごしらえをするための買い物だとすぐわかる。大輔が並べていた、一本九十八円の大根を二本買って、

「持てないから店まで一緒に運んでよ」と言った。

彼女に言われるがまま、他の荷物も一緒に「三人屋」まで運んだ。

さすがにお茶くらいは飲ませてくれるらしい。

「ああ」

カウンターに腰掛ける。なんとなく、真ん中ではなく、その一つ脇を選んでいた。

「大根、どうするんだよ」

「どうするかねえ、厚く切って、よく煮て、ふろふき大根にしようか。皮はきんぴらにしてお通しかな。葉っぱも立派だよね。刻んで炒（いた）めようか。こんなに太くて葉っぱ

もぴんしゃんしてる大根が九十八円なんて安いよね」

「今年は暖冬だから」

夜月はコーヒーを二ついれて、大輔の隣に座った。昨夜、一也がいた場所だ。Vネックのセーターにフレアスカートをはいている。胸元から脚にかけての曲線がきれいだと思った。

まだまだきれいなのだ、夜月は。年下の一也と並んだって、そう不釣り合いではないはずだ。それに気がついたら、胸が苦しくなった。

もしかしたら、今度は本当に夜月を失ってしまうかもしれない。

いや、数年したら、どうせ別れて、またこの街に戻ってくるだろうとは思う。でも、夜月もいい歳だ、子供を持つなら最後のチャンスかもしれないし、それを望んでいるのかもしれない。子供がいたら、別れたって一也との関係は一生続く。子供のことを考えたら、さらに動悸が激しくなった。

「今日はどうしてるんだよ、作家先生は」

別に聞きたくもないのに、他に言うこともなくて尋ねてしまった。

「さあね、寝てるんじゃない？」

「まだ、寝てるのか!?」

「昨日、いや、もう今朝か。遅かったみたいだから。店が終わったあと、朝食を届けるためにちょっと寄ったら、まだ書いてた」

「ふーん」

「あとで、昼ご飯持って行かなくちゃ」

「本当に、B賞取れるのかよ」

「わからない……でも、本人も頑張ってるし」

夜月はめずらしく、目を伏せる。コーヒーカップの縁に指を滑らせた。

「夜食食べさせて、朝ご飯持って行って、昼も……三度、三度、ご飯を作る、サンドの女になるのかよ」

「え」

「本当に結婚するのかよってこと」

「さあ、どうかねえ」

夜月は微笑んでいた。

「結婚したら、店はやめるの？」

「さあねえ」

「どこか別の街に行くのか」

「わからない」

夜月はうつむき加減で頭を振る。そんなふうにはっきりしないのも、彼女にしてはめずらしい態度だった。

「でも、そういうのもいいかと思って」

小さな声だった。

「え?」

「なんだか、流れに身を任すのもいいかと思って」

「うん」

「もちろん、しばらくは店も変わらないわ」

「それならいいけど」

「だから、大輔にも前と同じようにして欲しいの。この店がやっている間は来て欲しい。大切な常連さんだもの」

そうか、と思った。

今まで、そんなことを言ってくれたことはない。大切な常連、だなんて。

夜月は最近、こっちがつまらなそうにしているのを見ていたのだろう。それで、荷物を持たせて、二人きりになる場所を作ったのだ。これを言うために。店のオーナーとして、経営者として。

大輔が大切な常連客だから。

「ああ、わかってるよ」

平静な声で言えたつもりだったが、声が少し震えた。

「朝日も結婚したらサンドイッチの店はやらないと思う。彼のマンションはずいぶん遠いし、そんなことをする必要もなくなる」

「まひるはどうするんだ」

「まだ、わからない。だけど、朝日の婚約者の実家がいろいろ不動産を持って事業をしているらしいから、そこでお世話になるかもしれないって」

「それは住むところを？　仕事を？」

「両方、たぶん。できたら、簿記か、税理士の勉強をしたらどうか、って勧められているの。それなら会社でも使えるし、子供がいても働き続けられるから」

はっと気づいた。

この街から、いなくなるのだ。三人の女が。

志野原家の三人の女がいなくなり、「三人屋」がなくなる。

本当に、何もなくなってしまう。


そんなふうに満を持して、中里一也の新作は雑誌に発表された。

作品は朝日新聞や読売新聞などの主だった新聞の文芸欄に書評が載った。「〇〇月評」だとか「文芸〇〇」だとかいう名前のついたところに、名だたる大学の先生たちや文芸評論家が書いている。そんなもの、大輔も商店街の仲間も皆、その時初めて知った。記事は切り取られて、常連たちの間を回り、壁にピンで貼り付けられた。

翌月の文芸誌でも概ね好評だったし、多少の「苦言」はあったが、それはむしろ作品を引き立てるスパイスのようなもの、なんだそうだ。そう編集者が言っていたと一也が言い、それを夜月か理人が皆に説明した。たとえ、厳しい書評であろうとも、無視されるよりはずっといい、ということらしい。

その一部始終を大輔は見ていた。

夜月に言われてから、ほぼ毎日、三人屋に顔を出していた。あんなふうに言われたら意地をかけて、行かないわけにいかない。

顔を出し、ボトルをいれているウィスキーか焼酎を水割りにして、お通しをつまみに飲み、顔見知りがいたらおごった。初対面の人間にも「店をよろしくね」と、相手が断らなければ一杯おごった。つまり、誰にでもおごった。でも、以前のように閉店までねばるようなことはなく、一、二杯飲んだら席を立った。

大輔は感じのいい、常連客の姿勢を崩さなかった。

そのうち、担当編集者の文系女子まで、一也と一緒に来た。江原くるみと自己紹介した。

「来てみたかったんです。でも、作品ができあがるまでは来れないと思っていて」

江原は背筋をピンと伸ばしてスツールに座り、あたりを見回した。一也はその隣に座り、苦笑している。

「どうして、できあがるまで来れないと思ってたんですか？」

さっそく森野が質問した。

大輔もそこを聞きたかったから、「いいぞ、森野」と心の中で思った。

「どのような形であれ、先入観を持ちたくなかったんです、この店に」

「先入観」

「あの小説の中で、この店は大きなファクターですから、ずっと中里さんのイメージの中の店を大切にしたかった」

「なるほど」

いったい、一也の小説の中で、この店がどんなふうに描かれているのだろうか。けれど、この街の本屋には中里の小説が載った雑誌を置いてなかったし、渋谷か新宿の大きな書店に行かなければないと言われて面倒になってやめてしまった。

夜月に言えば、貸してくれるのかもしれないが、なんと言って借りればいいのかわからない。

そんなことを考えながら、ぼんやり文系女子の話を聞いていたら、中里さんの小説に出てくる雰囲気そのままでびっくりしました、という声が聞こえてきた。

前の部分は聞いてなかったけど、いったい、何が「そのまま」なのだろう。さっき言っていた、この店のことなんだろうか。

「へー、そうなんですか、それはそれは、ますます読みたくなったな。いや、怖くなった、というか」

森野がまぬけな相づちを打つ。

「あ、まだ皆さん読んでないんですか」

「すみません。僕、まだ『ノルウェイの森』も読み終わってなくて」

文系女子も苦笑を顔に貼り付けた。でも、そういうことには慣れてもいるのだろう、まったくよどみなく、「いえ、文芸誌を手に取る方はなかなかいらっしゃらないので」と言った。

「その文芸誌っていうの、今回初めて知りました」

「B賞を取ればきっと単行本になるので、その時読んでいただければ」

「へえ、本になるんですか、すごいなあ」

森野、さすが営業マン、驚き方、褒め方が適当でうまい。

「本当に素晴らしい作品です。中里さんはこれまで文体も内容も、少し硬いところがあったんですけど、今回は良い意味で、少しこなれた、というか、優しさや暖かさがにじみ出ているんです。それはきっとこの商店街のおかげだと思います」

一也が小さい声で「もうやめてください」と言った。それが謙遜や照れからきているのか、それとももっと別のものなのかわからなかった。

「僕も出ているのかな」

「えー、とあなたは」

「ラプンツェル商店街の近くに住んでいる、会社員の森野です」

「あ。出てません」

絵に描いたように、森野ががっかりした顔になる。

「なあんだ」

「あの方……あの方は出てきますよ、ここの常連で、夜月さんと昔付き合っていた。あの方はもうこちらには来ていないのかな」

大輔が顔を上げると、文系女子以外の店の人間が皆、こちらを見ていた。

「さすがに、中里さんと夜月さんが婚約した今、こちらにはいらっしゃりにくいですよね」

さすがに。その言葉が身体のどこかに刺さった。どうしようか、と大輔が思っていると、「そこにいるわよ」と夜月が自分の飲み物を持った手で指した。

「あー、はははははは、あはははははは」

大輔は自分が出せる、一番大きな声を出して笑った。右手を後頭部に当てて。

「さ、さすがに、こ、ここにいますよ」

「あー、そうなんですか。そちらが」

編集者は一瞬、間が悪そうな顔をしたが、すぐに立ち直った。

「これは、これは失礼しました。やっぱり、いいお友達なんですね。ここの商店街、本当に皆さん、仲が良くて、うらやましい。私も引っ越してこようかな」

「でしたら、ぜひ、富士見(ふじみ)不動産にご用命ください」

端にいた、伊藤(いとう)が口をはさんで、また、皆で「あー、はははははは」と声を合わせて笑った。


そして、その日が来た。

大輔はそれをヤフーのトップニュースで知った。

B賞とM賞の候補者が発表された、という項目があり、そこをクリックすると、記事の中にちゃんと「中里一也」の名前があった。

そうか、本当に候補になったんだな、と思った。

たぶん、一也やその関係者にはとっくに知らされていたのだと思う。知っていて、でも、他人には教えないように言われていたのだろう。

三人屋の雰囲気が明るくなっていたし、一也は前よりも早い時間に店に来て酒を飲むようになったし、何より、夜月がなんだかほっとした顔をしていた。穏やかになって、常連客を毒舌でこき下ろしたりすることもなく、理人と怒鳴り合いのけんかをしたりもしなくなった。

一言で言うと、夜月がきれいになり、幸せになったのを感じた。

きっと何か、いいことがあったんだろう、それは一也のことに関係しているのだろう、と思っていた。

だから、そう驚かないつもりだった。

だけど、実際にニュースでその名前を見ると、何か、やっぱり衝撃を受けた。胸を子供のげんこつで思っていたよりも強く殴られた時のようだった。

B賞の選考会がある日の前日、まだ夕方というような時間に、大輔は三人屋に行った。

「あら、いらっしゃい」

思った通り、夜月が一人で床を箒(ほうき)ではいていた。そんなにいそいそと掃除をしているのは、あまり見かけたことがない姿だった。

「これ、明日、使ってよ」

大輔は売れ残りだけどまだまだ使える、大根三本と白菜二玉、キャベツ二玉、それに、これはポケットマネーで買ったリンゴを十個ほど、差し出した。

「ありがとう」

三人屋の店内は見違えるほどに美しくなっていた。何日も掛けて、まひると朝日も手伝って掃除をし、数日前には専門の業者に頼んでクリーニングまでしてもらったらしい。壁の煙草のヤニもかなり取れている。

なんでも、一也の賞の「待ち会」というのをここでやるらしい。賞の候補になると、その選考会の間、関係している編集者とともに結果が出るまで待つそうだ。

ここまでしなくても、と大輔は内心、思う。それでも、当日はどこかBSのニュース番組のカメラも入るとあって、皆、気合いが入っている。

「そんなに大変なものなのかい」

大輔は野菜類をカウンターの上に置き、勧められてもいないのに、スツールに座った。ひがみや嫌みに聞こえないように、注意して言葉を選んだ。

「まあ、いろんな人が来るらしいから」

忙しいからか、夜月は顔も上げないで答える。

「そう、夜月も大変だな」

「うん」

「お前、どんな顔してそこにいるの。婚約者として？　作品のモデルとして」

「さあねえ」

「編集者の、あれ、江原さんだっけ。あの人に指示されてないの？」

ここを待ち会の会場に使うことを提案したのは、江原だった。受賞できるかはわからないが（と言いながら、彼女は基本的に受賞すると仮定して行動しているようだった）、そうなれば大変な話題となるだろうし、その時、作品のモデルとなった「年上の恋人のスナック」で待っているというのはおもしろいんじゃないか、という判断だった。

一也は若くてそこそこイケメンの作家だったし、いわゆるアイドルと同じに、彼に恋人がいるということをオープンにしてもいいのか、彼女も迷ったようだった。結局、「もう三十過ぎているし、この歳でアイドル作家というのもないだろう」と、この店で「待ち会」をする、という決心をしたらしかった。

「どんなふうに振る舞えとか言われなかったの？」

「別に。夜月さんはそこに普段と同じようにいてくださいって言われただけ」

「ふーん」

「大輔も来てよね。もう、面倒だから飲み放題、食べ放題にして、常連さんたちからはお金取らないつもりだから。お料理は真ん中のテーブルに並べて、立食パーティみたいにするつもり」

「ふーん」

「江原さんの出版社がある程度は払ってくれるらしいし」

「そうなのか」

大輔は壁の時計を見た。五時半を過ぎていた。六時過ぎになればぽつぽつ、近所の老人たちが来る。

「夜月」

「うん?」

「一つだけ、いいか」

「何?」

夜月はやっと身体を起こして、顔を上げた。それは別に大輔のためではなく、箒を使って疲れた腰を伸ばすためらしかった。

「ごめん。これからちょっと、嫌なことを言う」

「何よ」

彼女は眉の間にしわを寄せた。

「たぶん、嫌がられると思うし、もしかしたら、お前をかなり不快にさせるかもしれないが、今しか言う時がないから」

「だから、何よ」

夜月は箒を店の片隅に置くと、カウンターの中に入って手を洗い、エプロンを取った。その顔を見ながら、いったい、何回目なんだろうな、と思う。小学校六年生の時から。

馬鹿みたいだと自分でも思う。断られるのもわかっている。だけど、しておかなければならないことなのだ。

ただ、自分のためだけに。

「よっこいしょ」

彼女はカウンターから出てきて、大輔と一つ離れた椅子に座り、煙草を出した。

ああ、そこで吸ったら、せっかくの掃除が無駄になるのに、と思う。だけど、それが夜月なのだ。お金をかけてヤニを取っても、また、煙草を吸う。

「あのな、夜月。たぶん、断られると思うし、もっと嫌われるかもしれないけど、言わせてもらう。結婚してくれ」

「無理」

即答された。

「そうか」

「わかってるでしょう」

夜月は煙草のパッケージを手に取って、なんとなく眺めた。

「むしろ、聞きたいわ。なんで、急にまたそれを言い出した」

「機嫌悪くしたか」

「別に。嫌な気持ちとかじゃないけど、不思議。なんで」

「まあ、明日、いろいろ発表になれば、お前のこともいろいろ変わるだろうし」

「うん」

「その前に言っておかなくちゃ、と思って」

「だいたい、今、そんなこと言われても、どうしたらいいのかわからないよ」

「どういう意味」

「賞を取るかどうかもわからないのよ」

妙に落ちついているのが、これまでにない余裕を感じさせた。

あーあ、と夜月はため息をつく。

「大ちゃんがそういうこと言う時、いつも間が悪い」

呼び方が、中学生に戻っていた。

「間、か」

「そう」

「じゃあ、間が良かったら、オーケーしてくれた可能性もあるってこと?」

夜月は返事をしない。むくれたような顔をしている。

「そういう時もあったってこと？」

「まあね」

「それ、小六の時、とかじゃないよね？」

「最近でも」

「いつだよ、教えてよ」

「そういうわけにいかないじゃん。大ちゃんが若い女の子とラブラブな時、結婚してよとは言えないでしょ」

「本当に?!　そんなこと思ってたの？」

「……結婚したいなあ、と思ったりする時もあるよ。疲れた時とか」

「そうだったのか」

「だけど、今は違う」

「……中里一也と結婚するのか」

前にも聞いたことをまた尋ねてしまう。

「わからない」

「そうか」

「本当にわからないの。自分だけで決められることでもないし」

さんざん、非常識なことをしてきた夜月が、常識的なことを言っている。これはいつものと違うのだ、と大輔は思った。

「だけど、今は、彼と結婚するのもいいかな、と思ってる。それが生涯続くかはわからないけど。でも、生涯続いてもいいかな、とも思っている」

大輔は夜月の顔を見た。彼女も、こちらを一瞬、まっすぐ見た。目が合うと、彼女は照れ笑いをして、目をそらした。少し赤くなっていた。

夜月のそんな顔を見るのも初めてだった。

「好きなのか」

「わからない。本当に、わからないけど……少し前にはもうあいつとは別れる、と思っていたこともあったけど、なんだろうね。急に書くことを見つけたらしくて、一生懸命書き出して、これが書けたら別れてもいいと思っていたけど、でも、それがすごくいいと聞いていたら、書かない小説家の恋人もいいけど、B賞の小説家の妻もいいなあ、と思いだして」

「そういうことか」

「馬鹿みたいだと思っているでしょう」

「そんなことないよ」

大輔は椅子を降りた。そして、夜月の両肩を押さえて、彼女の額に、前髪の上から軽くキスをした。キスをするのは何年ぶりだろう、と思った。昔、夜月が中学生で、陸上部で、同じようにした時にはお日様の匂いがした。なぜか今日は、場末のスナックにいるのに同じ匂いがした。

　ものすごくありきたりだと思いながら、夜月幸せになれよ、と言った。彼女は軽くうなずいた。そして、そのまま店を出た。


　翌日、大輔は三か月ほど前に、東京都の若手異業種交流会で名刺交換した、三十代の女に連絡した。

　彼女の方は物流関係の仕事をしており、スーパーを営んでいる大輔とも話が合った。その場でＬＩＮＥも交換し、二、三度連絡はしていた。深夜にＬＩＮＥの会話で盛り上がって数時間やりとりしたこともある。

　物流というのは現代の日本を劇的に変えたのに、あまり理解されていない、というのが二人の一致した意見だった。その時にも「近く、一回飲みましょう」と言い合っていたけど、この頃の騒動もあり、なんとなくそれきりになっていた。

　昼ごろ電話を掛けてみると、すぐにつながった。

　実は、彼女に電話する前に、他に二人の女に断られていた。一人は江梨奈と付き合う前、何度か指名したキャバクラ嬢で今は派遣社員として企業の受付嬢をしている女性、もう一人は歯科助手、どちらも二十代である。両方に「なんでも好きな物をおごるから、飯食おうよ」と誘ったのに、あっさり断られた。

キャバクラ嬢には「あたし、来月、結婚するんだよ」と言われた。

「へえ、誰と」

「ここの会社の人と。仕事で知り合ったんだ」

「そうだったの、おめでとう。で、今夜は空いてるの？」

「……あたし、結婚するんだよ？」

「でも、ご飯ぐらい食べるよね？　口も胃袋もあるんだし」

彼女はしばらく黙ったあと、「飯島さんが江梨奈にいかなかったら、あたし、ちょっと飯島さんのことを好きになったかもしれなかったのに」と言った。

好きになったかもしれない？　ずいぶん回りくどい表現だな、と思った。

「それは、どうもありがとう」

自分では結構、丁寧に答えたつもりだったけど、何か彼女の気に障ったらしく、ぷつんと電話を切られた。

三十代の女性には、さらに礼儀正しく「よかったら、飲みに行きませんか」と言った。

「あ、嬉しいです」

彼女はすぐ素直に賛同の意思をしめした。これこれ、これだよ、と思った。

「いいですか」

「はい」

「どこでも好きなものをおごりますよ」

「割り勘でいいですよ。じゃあ、行きつけのイタリアンを予約していいですか」

電話を切って、彼女の楽さにちょっと感動した。三十代も悪くない。店を選ぶ必要もないし、勘定まで持ってくれるなんて。なんで、早く連絡しなかったんだろう。あんなに話も合うのに。

ただし、店で顔を合わせると、自分が彼女にすぐに連絡をしなかった理由がわかった。三か月で、彼女をずいぶん脳内変換して、美化していたらしい。彼女は覚えている姿より、十センチ背が低く、十センチ横幅があった。

それでも、食事は楽しかった。池尻大橋の、値段の手頃なイタリアンはおいしかったし、店内のライトの加減か、酒がまわるごとに彼女が痩せて、きれいに見えてきた。何よりも話が合った。流通というのは彼女の専門分野だったし、スーパーを経営している大輔も門外漢ではない。

「この間、○○の会長さんの講演会に行ったんですよ」

彼女は最近急成長している、酒蔵の名前を挙げた。

「あ、○○、おいしいよね。うちの店にも入れたいんだけど、あそこはいろいろ厳しそうでしょ」

「講演のあとで、ちょっとお話しして名刺もいただいたから、よかったら連絡してみたらどうですか」

「それはありがたい。でも、いいのかな。会長さんは女だから渡したんじゃないの？　それをおれみたいのがのこのこ電話しても……」

「まさかあ。たぶん、会社の代表電話ですよ。いずれにしろ、他の男性とかにも渡してたから大丈夫」

ははははは、と声を合わせて笑った。

「その講演会は仕事で？」

「いいえ、プライベートというか、自分が聞きたくて」

「勉強熱心なんですね」

「会長言ってました、うちが急成長したのは他でもない、流通のおかげだって。宅配便が一日で届く、日本の流通制度のおかげでここまで来れたんだって」

「いい話ですね」

そういう「いい話」を積み上げて、パスタと一緒に流し込んだ。彼女は本当に、支払いを割り勘にしてくれた。

どちらが誘ったのか覚えてないけど、そのまま、ホテルに行くことになった。タクシーで場所を指定したのが彼女だったので、少なくとも彼女も乗り気だったのだろう。

いろんなことが「悪くないな」という夜だった。

彼女はすべてにおいてなかなかに奔放だったが、電気だけは「全部消したい」と言って、真っ暗闇の中でクスクス笑う声が響く交わりになった。大輔はたいていにおいて、そう好きでもない女といる時は相手にすべて合わせることにしているので異論はなかった。

一回目が終わって、彼女がベッドの中で注意深く下着を着けたあと、電気を点けることが許された。

電気と一緒に、テレビも点けると、ぱっと映ったニュース番組に中里一也の顔がアップになった。

「あ」

自然に声が出た。ホテルに入ったあたりから、大輔はほとんどそれを忘れかけていたから。

「B賞とM賞、決まったんだ」

隣で彼女がつぶやいた。

「B賞とか読むの？」

「あー、B賞の方はあんまり読まないかな。M賞は昔は追いかけてたんだけど」

「本とか結構、読むの？」

「まあまあかな」

二人とも、なんとなくテレビを眺めていた。

別のニュースを一通りやったあと、もう一度、文学賞のニュースに戻った。

「B賞を受賞した中里一也さんは、その一報を、作品の舞台でもある、東京都内のスナックで受けました」

三人屋の映像が出てきても、大輔はもう「あ」とは言わなかった。

電話を取る一也、万歳三唱を叫ぶ三人屋の面々、それらの映像のあと、B賞の記者会見場に移った。

「中里さんは、スナックを経営している女性のヒモをしている体験を作品に書かれているそうですが、今現在は……」

マイクの丸い部分を不器用に握って、一也は生真面目な顔で答えた。

「ヒモです」

「まだヒモなんですか」

「そうです。ずっとずっとヒモです。彼女に養ってもらっています」

彼がそう言うと、記者たちがどっと笑った。

その一也の顔を見て、大輔は「これなんだよ」とつぶやいた。

「何がこれ、なの？」

「これなんだよ、おれが逃すのは、こういう時なんだよ」

どういう意味？　彼女に尋ねられても、大輔は答えなかった。

次の日のヤフーのトップニュースには、「記者爆笑　B賞受賞者は『まだヒモ』」と出た。

6. 森野俊生(29)の場合

中里一也が辛さ二十倍の激辛ラーメンをすすり込み、ハアハア言いながら汗を流している。その周りで、女子アナがきゃあきゃあ言いながら手を叩き、実況していた。森野俊生はカップ麺を食べる手を一時止め、その画像に見入り、女子アナの白いニットに包まれたおっぱいを凝視した後、またラーメンに戻った。

一也がテレビに出ていることにまったく驚かなくなったのはいつ頃からだろうか。ネットニュースを「ヒモ作家」というワードが駆け巡り、一夜にして時の人となった。翌朝のワイドショーは一也の話題で持ちきりだったし、ネットニュースにはさらに深追いする情報が出た。

それから数週間、一也はバラエティー、ワイドショーに出ずっぱりだったし、お堅いＮＨＫのニュースにも「話題の人」として出た。

一也はなんでもやった。最初は、彼の日常や執筆作法、小説に対する心構えなどを上品に紹介していた番組はすぐに形を変え、クイズ番組や旅番組を経て、気がついたらバンジージャンプや大食いをするタレントの一人になっていた。今じゃ、作家の中里さんだとか、あの「ヒモ作家の中里一也さん」という肩書き、紹介さえなく、ただの「中里一也」として、芸人たちと一緒にひな壇に並んでいることも珍しくない。

一也の一連の騒動にして最高の戦略となったのは、志野原夜月の存在を隠し続けたことだろう。

彼女をどう説得したのかは知らない。けれど、ネットニュースになったとたん、一也の担当編集者の江原くるみは夜月をホテルに一週間滞在させ、さらにアジアの海外リゾートに送り込んだ。

未だに、出版社にそんな予算があるんだな、と森野などは感心したが、今は中里一也にとって大切な時期、背に腹は代えられないということなのかもしれない。一説には作品に惚れ込んだ江原が独断と自腹で旅立たせたらしい。

おかげで、夜月の写真は過去のものか、一也がバラエティーショーで公開した、一枚の写真……夜月がどこかの浜辺のカフェでサングラスをかけた横顔を見せてフローズンダイキリを飲んでいる姿だけだった。

「彼女、この騒動が嫌で、僕も知らないうちにどっか行っちゃったんですよ」

一也は苦笑交じりにスマートフォンを司会者に見せ、それを司会者が「ちょっといい？　これ、皆に見せていい？」と確認しながら、わあきゃー言う観客や出演者たちに回し、テレビカメラにも映す、というのが一時のお約束となった。

森野も幾度となく、テレビでその写真を見たが、サングラスでほとんど顔を隠した女なんて、だれでもきれいに見える。

しかし、きれいで年上の、金持ち女、わがまま、気分屋というイメージは悪くなかった。夜月の写真がそのくらいしか出回らないのも、生々しくなくてちょうど良かった。

一方で、夜月の存在、ヒモ、だめ男というキーワードが世間から忘れられるのも意外と早く、一也の受賞作が単行本となって書店に出回る頃には、「なんかよくわかんないけど、やたらテレビに出てる人」というイメージに変わりつつあった。

でも、まだ、夜月はラプンツェル商店街に帰ってこない。海外にいるのか、日本の他の場所にいるのかもわからない。

三人屋もあのB賞「待ち会」のあと、閉めたままだ。

決して、今回の件だけが理由でなく、朝からお昼ごろまでのサンドイッチ店も、朝日の結婚のためにそろそろ閉めることになっていたのが少し早まっただけなのかもしれない。まひるも朝日の婚約者の家の会社で働くことが決まっていて、最近はとりあえず、パートタイムで通っているらしい。朝日は婚約者の家に、まひるはその会社に近い場所のマンションに移った。なんたって相手の家は不動産資産家なのだ。そんなことは屁でもない。

つまり、B賞のあと、三人屋も志野原姉妹もごっそりラプンツェル商店街からいなくなった。

ついでに言うと、中里一也自身もどこにいるのかわからない。もうあのマンションにもほとんど帰っていないと思う。ラプンツェル商店街では見かけないから。

三人屋の外観を写真やテレビカメラで撮っていく人間も一時はよく見かけたが、最近はいなくなった。主たちがいないまま、ラプンツェル商店街はあのB賞作家の街として消費され、荒らすだけ荒らされて、もう、誰もいなくなった。

今では、公然と、志野原姉妹たちに文句を言っている人もいる。

無責任、あの尻軽女のせいで商店街の価値が下がった、ヒモだなんてみっともない、住人でもないやつに街が利用されただけ、と。

森野はラーメンをすすって、それがぬるく、麺が柔らかくなっているのに気づく。

――自分でも思っていた以上に、俺はこのことにショックを受けているのかもしれない。

前のように、飯島大輔たちとだらだら飲んだり、意味もなく、商店街のおじさんたちと話したり……そんなことがなくなってしまった。

そういう場がないし、大輔も気安く誘ってくれなくなった。

いや、普段はぜんぜん変わりないのだ。昼間や休日の商店街は、前と変わらない。

大輔は店の前で大声を張り上げて大根を売り、古屋は豆腐屋の前に座って豆腐を売り、三觜は鶏肉を売っている。

だけど、大輔に「今夜、飲みません？」と言っても、「今日は調子悪いんだわ、またなー」とかわされてしまうし、前のようにそこに行けば誰かいる、という場所もなくなった。

森野が新たに気づいたことがあった。

大輔の存在なしでは、自分はやっぱり、まだまだこの街のよそ者なのだと。もしも、何かあったら、中里と同じように「よそ者」として叩かれるんだと。

元気なのは、近藤理人だけかもしれない。

彼は、いつの間にか三人屋の二階に住んでいる。「留守を守って欲しいって言われたから」と言って。

夜月が編集者たちにリゾートへ送り込まれたのは、彼から聞いた。たまたま商店街ですれ違った時に「あれは自分の意志で行ったんじゃないよ、今はアジアにいるんじゃないかな」と。それ以上の詳しいことは聞いてない。

古屋との仲がどうなっているのかは知らないが、彼はよく、三人屋の二階の窓からこの街を見下ろしていた。煙草の煙の臭いがして、ふっと頭を上げると、手を振っていたりする。

――別れたのかねえ。それにしてはずっとこの街にいるが。

そういう事情がわからないのは、三人屋が開けてないからだ。噂話がとんと入ってこなくなった。なんだか、街全体からつまはじきにされているような気さえする。

理人が豆腐屋を出て、でも、すぐ近くに住んでいるのは古屋へのメッセージなのかもしれない。「ずっとここにいるよ」という。

であれば、元気そうに見えて、彼も本当は前とは違うのかもしれない。

中里一也のことがあって、皆、少しずつ傷ついた。

そんな気がする。

中里一也の受賞から一か月後、森野が会社から帰ってくると、ポストに大きくて硬い封筒が入っていた。「森野俊生様」と黒々とした墨字で書いてある。

一目でピンときた。最近は少なくなってきたが、たぶん、結婚式の招待状だろうと。

同期か、大学の同級生かな、と思いながら封筒を裏返して驚く。

慌てて、コートのまま、スマホを出した。

一瞬、迷って、結局、理人に電話した。

「なあに？」

物憂げな声が聞こえた。かまわずに話す。

「理人君のところにも来た?!」

「何が」

「封筒！　招待状！　B賞授賞式の招待状！」

「え？　あいつ、送ってきたの？」

「あいつか、出版社か、わからないが、うちには来ている」

「ぼく、今、三人屋にいるから、豆腐屋の方かもしれない。見てくる」

「そうか」

「来てたら、連絡するから、すぐにこっち来て！」

そうそうこの調子だ。

何かあったら、すぐに連絡して、すぐに飲みに行く、この調子。

「行く、行く」

「もう、いいや。とにかく、こっち来て！　ぼくに来てても来てなくても、話すことあるからさ。その招待状、持ってきてよ！」

森野はアパートの二階から転げ落ちるように、走り出した。

三人屋の扉は開かれた。

ここに来るのは、ここが開いているのは、何か月ぶりだろう。

——なんだかんだ言って、一か月半ぶりか。

中に入ると、カウンターの中に理人がいた。

久しぶり、の挨拶ももどかしく、理人はカウンターの上に置いた封筒を叩きながら話し出す。

「来てたわよ、来てた。あいつ、ぼくのところにも出してきたよ」

「大輔さんのところには？」

「わかんない。一応、LINE入れておいたから、その気になったら、来るんじゃない？」

「なんて送った？」

「招待状が届いたから、作戦会議を森野さんと開くから来いって」

そのぐらい軽い方がいいのかもしれない。

理人はカウンターの中からウィスキーの水割りを出してくれた。

「お酒くらいしかないけどさ。あ、あと乾き物か」

「気を遣わないで」

それでも、ミックスナッツ、キスチョコ、あたりめ、エイひれなどが次々と並んだ。

さらに、冷凍物だけど、と枝豆も。

なんか、ますますこの店の人らしくなってきたな、と感心した。

理人もカウンターから出てきて森野の隣に座った。

「改めて」

そう言って、同じ水割りのグラスを差し出した。

「乾杯」

水割りを飲みながら、いいもんだな、と森野は思った。理人とこうして飲むのはなんとも言えない、リラックス感がある。妙に人をくつろがせるのだ。

三人屋がなくなっても彼が店を継げばいいのに、と思った。

「なんかさ、いろいろあったよね」

グラスが半分空になったところで、理人がぽつんと言った。

「うん」

「一也が受賞して、三人屋がなくなって」

「そうだな」

「夜月いなくなって」

「夜月さんと最後に会ったのは？」

「カンボジアに発つ空港で。朝日たちと荷物をまとめて持っていった。この店のことも頼まれたし」

「カンボジアにいるのか、夜月さん」

「カンボジアのリゾートにいるらしい」

「そりゃまた、マニアックなところに。今も？」

「今はどうかわからないけど、空港からの行き先はカンボジアだった」

「出版社や編集者が面倒見ているの？」

「それも最初はね。行き帰りの航空券と一週間分のホテル代だけ。そのあとのことはわからない。でも結局……」

二人しかいないのに、理人は声を潜める。

「夜月、なんだかんだ、後ろ盾になってる人いたみたいだからさ」

「後ろ？」

「お、と、こ」

理人は親指を立てる。

「面倒見てくれる人、一人や二人はいつもいる人だからさ、そういう人にお世話になっているのかもしれない。昔、お金を貸してくれた人とか」

「なるほど」

「だけど、スポンサーになるってことはそれなりに、そのあと、見返りも期待されるだろうし。甘いことばかりじゃないと思うよ」

「え、大変じゃん」

「でも、水商売ってそういうものだから。ギブアンドテイク」

理人は肩をすくめる。

「しかし、ひどいじゃないか。一也も編集者も。ちゃんと最後まで面倒見ろよ」

「彼らも自分のことだけで手一杯なんじゃない？　それに、本当はもう日本に戻ってきたり、この街に戻ってきたりしても大丈夫そうじゃん。誰も気にしてないよ。ここにいないのは夜月の意志なのかもしれない」

「まひるさんや朝日さんには連絡取ってるのか」

「LINEで時々。ここの管理してるから。でも、二人とも新しい世界で大変みたい。朝日は結婚式の準備とかあるし……まひるは新しい会社と子供たちのことで忙しいし」

「なるほどなあ」

「彼女たちも、夜月のことはあんまり知らないみたいよ」

「そうか。さびしいな」

いろんなことが自分のことだけでどんどん進んでいて、誰も、こちらを見てくれないような。

「森野さんは優しいね」

理人が肩を叩いてくれた。めずらしくしみじみと言う。

「別に優しくなんてないよ。街がぜんぜん変わっちゃったみたいでついていけないだけだよ」

思いがけず、涙が出てきて、言葉に詰まった。

「俺、どうしたらいいのかわからないいんだよ」

「ぼくもそうだよ」

理人がうなずく。

「ここに住んでるから、お金とかそんなにいらないし、食べ物だけあればいいから。ここで働いてた時の蓄えがあるし。困らないんだけど、することがない。ぶらぶらしてるだけ」

「お前までそんなこと、言うなよ。お前はさ、何いっちゃってんの？　馬鹿じゃない？　とか、俺たちのことを罵ってくれよ」

理人が薄く笑う。

その時、ドアが開いて、大輔が入ってきた。

「あ、大輔」

「大輔さん」

彼は何も言わず、店の中を見回した。森野には彼の気持ちが少しわかった。ああ、ここも久しぶりだなあ、とか思ってるんだろう。

自分も入ってきた時、同じことを考えたから。

「大輔、何飲む」

理人がかいがいしく立ち上がった。

「ビールある？」

「瓶ビールなら」

彼が我に返ったように、カウンターに座った。

「久しぶりだな」

「はい」

なんだか、ちょっと緊張して、森野はそう答えた。

「いろいろあって」

皆、同じことを言うなあ、と森野は思う。

「彼女も出来て」

「彼女、出来たんですかあ?!」

拍子抜けして叫んでしまった。

「まあ、付き合っているというか、寝ている女、というか」

「さすがですねえ」

「夜月以外で、久しぶりだよ、同年代と付き合うの」

その女のことを聞こうとしたとたん、大輔が話を変えた。

「それより、理人、古屋さん、新しい弟子とったらしいじゃないか」

「え」

理人より先に森野の方が驚いてしまう。

「さあねえ」

理人は煙草を出して火をつけた。その仕草が丁寧でゆっくりだったので、森野も大輔もそれをじっと待っていた。

「知ってたのか」

彼が煙草の煙を吐くと大輔が尋ねた。

「一応は連絡があった。こういう子を弟子にするからよろしくって」

「ひどいじゃないか」

森野は思わず、言ってしまう。

「理人君がいるのに」

「なんで？」

理人がこちらを見て言った。

「だって、まだ正式に別れてないんだろう？　それなのに、この目と鼻の先で新しい
……」

「森野、勘違いだ」

大輔が森野の肩に手を当てて言った。

「なんですか」

「古屋さんの弟子は女だ」

「女？」

「そう。純粋に豆腐屋になりたいって女の子が来たんだ」

思わず、理人の顔を見る。彼はうなずいた。

「いいことだと思って。本当に豆腐作りをやりたい子が来てくれるなんて。あの人、豆腐のことは大切にしていたから」

「業界団体に、豆腐に興味があって教えてくれる場所を探しているって女の子が来たから、その伝手で古屋さんのところに紹介されたらしい。あの人に跡取りがいないのは周知の事実だし」

「女の子が豆腐屋修業……そういう時代なんだなあ」

「女の方が肝が据わってるよ」

「女、女って。そういうこと言うと、今は怒られるよ」

森野は小声でそっと尋ねた。

「古屋さんとは結局、どうなってるの？」

　理人は煙草を深々と吸い、首を左右に振った。

「今はほとんどあの家には行ってない。だけど、弟子のこと、知らせてくれて嬉しかった、かな」

　彼にはめずらしい、気持ちの吐露だと思った。

「ぼくたちが別居したの、別に、一也やB賞のせいじゃないよ」

「うん」

「前からさ、ずっと前から、もうだめだったのよ。だけど、まあ、このことが後押ししたかな。夜月たちにここの管理任されて、家を出て吹っ切れた、というか」

「そうか」

「もう、古屋さんの好みじゃないのよ、ぼくは。それはわかってたの、ずっと」

「そういうもんなのか。だけど、どうして、ずっとここにいるの？」

「まあ、夜月たちに頼まれてるし、この街も嫌いじゃないし。それに、ぼくが出て行かなくちゃならない理由もないじゃない。別にぼくが悪いわけじゃないんだし」

「まあね」

「ここにいると、あの人、新しい男を連れ込めなくて悪いとは思うんだけど。そのせいで、女の弟子を取ることにしたのかもしれないね」

　理人は苦笑いした。

本当はまだ好きなのかな、と森野は彼の表情を見て思う。

「別にいいさ、ずっといろよ。それで、三人屋、お前がやったらいいじゃんか。おれも来るし」

「そこまでは考えてないよ」

「それにしても、夜月はどこに行っちゃったんだろう。もう帰ってきてもいいのに」

理人が封筒を手に取った。

「ここに来るんじゃない？　B賞のパーティに」

「なるほど」

「可能性はあるね」

「その時、ラプンツェル商店街に帰って来いって言おう。大丈夫だって」

「でも、夜月が帰って来ないのは本人の意志かもしれない」

「だとしても、『帰って来い』って伝えよう」

「でも、来なかったらどうしようか」

三人で顔を見合わせる。

「夜月に連絡を取る手立てが、おれたちには何もないんだよなあ」

「パーティの時に会えた人にとにかく夜月さんと連絡を取れているかどうか聞いてみよう」

「だけど、夜月がまだ隠れていなくちゃいけないと思い込んでいて、夜月と連絡が取れるのに嘘をつく人もいるかもしれないよ。例えば、朝日とかまひるとか。ぼく、二人と話す時、必ず、夜月と話してる？　って聞くけど、知らないって言うもん」

「皆、隠していることを前提に、夜月に『帰ってきていいんだよ』って伝えたいんだって言っておけば、誰かから伝わるかもしれない」

「なるほど」

そのあとは、パーティに何を着ていくかということなどを話した。


森野俊生が帝国ホテルに着いたのは、六時半を過ぎた頃だった。パーティは六時から始まっていたのだが、会社を抜け出せなかったのだ。

とはいえ、中里一也の受賞時、森野が万歳三唱をしたのはどのニュース番組にも映っていたから、会社の人たちも彼との関係性は知っていて、これでも早く退社させてくれた方だった。

帝国ホテルに入るのは生まれて初めてだった。本当に、映画に出てくるような制服のボーイがいて、ドアをうやうやしく開けてくれたのにはびっくりしてしまった。

ロビーを早足で突っ切り、会場に向かった。

大輔や理人はすでに着いているはずだった。二人は会社員じゃないから、時間はある程度自由にできる。特に約束をしているわけではなくて、会場で会いましょう、という程度の約束をしていた。

あれ、自分が思っていたのとかなり違うぞ、と気づいたのは、今日のパーティ会場がある階にエスカレーターで上ってきた時だ。壁の一面がずーっとドアになっている場所の向かいに、さらにずらっと受付が用意され、それぞれ、出席者の属性別になっている。

それを見て、自分たちが予想していた以上に大きなパーティだと知った。待ち会の印象があったので、多くても百人程度の会だと思っていたのだ。

自分がどの「関係者」なのか、「出版関係者」なのか「マスコミ関係者」なのか……どこに行けばいいのか、それさえわからなくてへどもどしてしまう。やっと、「受賞者」という場所を見つけて、そこで受付を済ませた。胸に小さなバラの造花を付けてもらった。

大きなドアから中に入ると、体育館二つ分くらいの広さがある場所だった。天井は体育館の倍くらいだろうか。

「ひえー」とささやくような声が出てしまう。

入り口で飲み物を配っているブースを見つけ、とりあえず、水割りを手にした。

そこに数百人、いや、千人以上の人間がざわめいていた。いわゆる立食パーティで、会場の中央に食べ物が並んでいて、丸テーブルがぽつんぽつんと置かれている。ビュッフェのほとんどには長い行列があった。

中央前の舞台には金屏風が立ててあったが、一也のスピーチはもう終わっているようだった。

「ひぇー」ともう一度、周りには聞こえないようにつぶやいた。

この中から知り合いを探すことは不可能のような気がした。

森野は水割りをちびちびなめながら、会場を二周したけど、誰にも会えなかった。どうしていいのかわからなくて、途方に暮れる。

しかたなく、サンドイッチや前菜のビュッフェの列に並んだ。そこにいる間は、何もしなくていいのでほっとした。しかし、そんな列も永遠に続くはずもなく、森野はサンドイッチとパイの上にぱさついた何かがのったものを皿に取って、また、会場を意味もなくぶらぶらと歩いた。

そうして、十五分も過ぎたところで「森野さん？」という声に呼びかけられた。

慌てて振り返る。

志野原まひるだった。彼女も一人で所在なく立っていた。淡いベージュのワンピースを着ている。

「森野さんですよね？」

「あ、そうです。まひるさんですよね」

彼女とはあまり話したことがない。前に、彼女が讃岐うどんの店を出していた時に月に一度くらいは店に行ったけれど、話したことはほとんどなかった。店をやっている時の彼女は忙しそうで、少し怖そうで、話しかける隙を客に与えなかった。

逆に彼女が自分の名前を知っていたことにびっくりした。

「まひるさんも来ていたんですか」

「ええ。姉が一也さんと……」

「もちろん、知ってます。今日、お子さんは？」

「友達に預かってもらったんです。こんなこと、なかなかないから行っておいでって言ってくれて」

「一人ですか？」

「妹が来るはずなんですけど、まだ、会社を抜けられないみたいで。でも、この様子じゃ会えるかどうか」

「ああ、そうか。あ」

まひるには朝日より、聞くべき人がいた。

「今日、夜月さんは……」

まひるは首を横に振った。来ていない、ということだろう。

「今、夜月さん、どこにいるんですか」

思い切って聞いてみた。

「……私もよく知りません」

まひるが一瞬、言い淀んだので、本当に知らないのか、嘘をついているのか、森野にはわからなかった。

「本当にそうですか？」

「嘘ついたってしかたないじゃないですか。本当に知らないんです。私は姉とそう仲が良くなかったし」

仲が悪いのは聞いていた。

「むしろ、森野さんの方が知っているんじゃないですか」

「いえ。僕も知りませんが、理人くんがもしかしたら」

森野も少し迷って、言葉を選んだ。

「昔の知り合いか何かにお世話になっているんじゃないかって言ってましたが」

「そうですか……姉は顔が広いから、そうかもしれません」

森野とまひるは黙って、なんとなく、誰もいない舞台の上を見た。

「皆で話してたんです。夜月さんはもう帰ってきても大丈夫じゃないかって。誰か夜月さんに連絡が取れる人がいたら、そう伝えて欲しいって」

まひるは、森野に顔を向けずに言った。

「……本当はお客さんなんでしょ」

「え」

「姉がお世話になっているの、昔のお客さんなんでしょ。私に気を遣って隠しているんですか」

「いや、わかりません。理人君もそうじゃないか、って言ってるだけです。僕らも本当に知らないんです」

まひるは、そう、と言ったまま、また黙ってしまった。

森野は話をそらした方がいいように思った。

「大輔さんと理人君が来ているはずなんですけど、見てませんか」

「見てませんねえ」

森野は知っている人がいないのでまだ一緒にいたいのだけど、相手にそれを強要したら悪い、と迷った。でも、今ここで、まひると別れてしまったら、もう二度と知り合いに会えない気がした。

「あの」

勇気を出して、言ってみることにした。

「はい」

「朝日さんたちが来るまで一緒にいてもらえます？　良かったら……あ、他に別の用とかがあったらそれでもいいけど。話したい人とか」

「話したい人なんて……誰も知っている人はいないし」

まひるがほっとしたような表情で言った。

「何か食べましたか？」

「いえ、何も」

じゃあ、まず食べ物でも確保しますか、ということになって、二人で食べ物ハントに出かけ、カレーとパスタ、ハムの盛り合わせなんかを手に入れた。端の方のテーブルに場所を見つけて、それを並べ、立ったままだったが、少しゆっくりと箸を付けることができた。

「このカレー、やっぱり、おいしい」

まひるがつぶやくように言った。

「そうですか」

森野が頬張ると、確かにこういう場所で食べるようなものとは思えないこくがある。先ほどのぱさついたサンドイッチの何倍もおいしかった。それに、一人で食べていると、なぜか盗み食いしているような罪悪感があったが、二人だと落ち着けた。

「本当だ」

「うちの会社の社長から聞いたんです。帝国ホテルのカレーはおいしいって」

「そうですか。会社って、朝日さんの？」

森野が尋ねると、まひるはうなずいた。

「朝日の婚約者のお祖父さんがやってる会社なんです。いろいろ勉強させてくれて、ありがたいの」

「いい仕事でよかったですね」

「まあ、同族会社というのかしら？　家族でやっている会社のようなものだから、それはいろいろむずかしいこともあるんだけど」

「ちょっと、わかります。僕も大学生の頃、そういう家族的な経営の店でバイトしたことあるから」

「本当？　わかってくれて嬉しい」

まひるはささやくような声で次々と話した。いわく、会社には社長の孫（朝日の婚約者とは違う孫）がいて、彼がなんでも、番頭役の専務の頭越しに社長に相談するので、時々、社内がぴりぴりすること、まひるは社長一族の側の人間のような、外の人間のような、どっちつかずの立場でどちらからも敬遠されていること、お昼ご飯一つ食べるのもどちらのグループと食べていいのかわからず、難しいこと。

その声を聞き取るため、森野は彼女の方に身体を近づけ、こんなにたくさんの人がいるのに、どこか二人きりのような親密な時間だと思った。

一度だけ、森野は大輔に、まひるは朝日にLINEで連絡した。けれど、どちらもパーティの最中にスマホは見ないようで、いつまでも既読が付かなかった。

大きな拍手と「わあっ」という歓声が上がったので顔を上げると、中里一也が金屏風の前で十人ほどの人と並んで写真を撮っていた。カメラマンたちが走り寄っていっせいにフラッシュを焚いていた。

よく見ると、彼の脇に並んでいるのは、女子アナだとか若手芸人たちだった。たぶん、最近の仕事で知り合ったのだろう。

急に有名人が並んだので、中にはカメラマンと一緒に近づき、スマートフォンのカメラを向けようとした会場客もいた。しかし、どういう人間なのか……芸人の事務所の人なのか、テレビ局の人なのかに「撮らないでください！」ときつく制止されていた。

森野はその時、気がついた。

ここに来るまで、ほんの少し期待していたのだった。自分たちがいる商店街が舞台になった作品だ。もしかしたら、パーティの主役は自分たちなのではないかと。少なくとも誰かに感想くらいは聞かれるのではないかと。

あんなふうに写真を撮られることになるのではないかと。

「出ましょうか」

「え」

森野は中里に目を当てたまま、傍らのまひるに言った。

「出ましょうか」

「どこに？」

尋ねられて、森野はやっとまひるの方を見た。

「ここではないどこかへ」

その答えを笑われるかもしれないと思ったけれど、まひるはまったく笑わずに、「はい」とうなずいた。

森野はまひるの手を取って、会場を抜け出した。そうしないと、はぐれてしまいそうだからだ、と自分に言い訳をして。

芸人が何か少しおもしろいことを言ったらしく、会場から絞り出したような笑い声が聞こえた。


一也がラプンツェル商店街を出た、という噂が森野のところにまわってきたのは、授賞パーティから二週間ほど経った頃だった。大輔と理人と三人屋で飲んでいる時に教えてもらった。

　結局、二人には最後までパーティでは会えなかった。大輔は最近付き合っている三十代女性を連れてきて二人で過ごしたし、理人は昔の仲間を何人か誘って、終わったあとは久しぶりに新宿でどんちゃん騒ぎをしたらしいと後で聞いた。

「あいつ、ついに夜月が借りてたマンションから出て行った」

　三人屋で大輔が水割りを飲みながら言った。

　あれから時々、森野、大輔、理人は三人屋で飲むようになった。

　理人が三人屋を開けている、というより、三人で飲む時に店舗を使わせてもらっている、という感じの方が近い。

　ドアのところに「CLOSED」の看板を下げ、間違えて入ってきた人には「はあい、ごめんなさいねえ、今日は閉店なのー、じゃあねー」と理人がぴしゃりと言って追い出す。

　飲み物は三人屋に買い置いてあったものばかりだし、食料は乾き物や今日のお惣菜の残りを大輔が持ってくる。

　ある意味、「三人」屋だよな、と森野は思う。メンバーは違うが。

「へえ、そうなんだ。誰から聞いたの？」

　理人がすかさず尋ねる。大輔は答えなかった。

「え、何よ、誰から聞いたのよ、大輔。なんかおかしい。黙っちゃって。これはなんかあるな」

理人はおかしい、おかしいと彼を指さして、大きな声を張り上げた。

「違うよ、違う。実はさ、店のお客さんから教えてもらったのさ」

同じマンションに住んでいる老人が、「大ちゃん、中里一也、知ってる？　最近、テレビによく出てる作家の。今日、引っ越すみたいだよ。今、マンションにトラックが来てる」と話しかけてきたのだと言う。

彼は大輔と夜月のことも、中里との関係も知らなかったようだ、と大輔は言った。

「それで、おれ、なんか頭にきちゃってさ、いろいろ」

大輔は自分で持ってきた、惣菜の切り干し大根にパックのまま箸を付けた。

「あいつ、このあたりを引っかき回して、挨拶もなしに出て行くのかって。それで、ちゃりんこ飛ばして家まで行ったんだよ」

「一也いたんですか」

森野は尋ねながら、こういうところが大輔のすごさだと思う。女関係に関しては最近、少し衰えているとはいえ、いつも直球ですぐに行動するところは、自分にはとても真似(まね)できない。

「いや、引っ越し屋が来ててさ、荷物を全部、彼らが包んで持っていくだけになってた。ただ、あの女……編集者の江原だっけ、あの子が監督に来てたよ」

「じゃあ、あの子に引っ越しは任せきり？」

「うん、最後まで顔を見せなかった。まあ、荷物も少なかったしな。中里はテレビの仕事で来れなかったんだって」

「大先生になったんだね」

「江原さん、何か言ってましたか？」

森野が尋ねた。

「うん、言ってた、というか」

大輔が水割りをすって、ちょっと言い淀む。

「なんなのよ。大輔。ちゃっちゃと答えなさいよ。そうやってもったいぶるの、なんかやな感じだよ」

「いや、別にもったいぶってるわけじゃないけどさ、荷物の梱包（こんぽう）と運び出しをする間、二時間くらい時間がかかるって言うから、近くの喫茶店に誘って、話しながら待つことになったんだよ」

思わず、森野と理人が顔を見合わせた。

「やっぱり、大輔だねえ」

「何が」

「そういう、すぐに女をたらし込むっていうか」

「ただ、お茶飲みながら話しただけだよ」

その「ただ」が普通の男にはできないんだよ、と森野は目立たぬようにため息をついた。特に江原みたいな女は年下だけど、出版社に勤めていて、別世界の人間だから話しにくい。大輔みたいにスーパーの経営をしているのに「お茶を飲みに行こう」と誘えるのはよっぽど自分に自信があるか、何も考えていないのかと思う。

後者の方が近いかもしれない。

「で、何を言ってたんですか」

森野はそれを早く聞きたくて、もう一度尋ねた。

「いや、おれとしては、あっちは中里のことで頭いっぱいで夢中なのかと思ってたら、そうでもなくてさ」

「そうでもないってどういうこと?」

「割に冷静だったよ。あいつ今何してるの? って聞いたら、さあテレビ局にいるんじゃないですか、って吐き出すように言うからさ、なんだよ冷たいじゃんどうしたの、って聞いたら、笑って、いや、私も中里さんだけを担当しているわけじゃないですからって」

「へえ、そういうもんなんだ」

「うん。彼女だけで五十人くらいの作家を担当しているらしい」

「結構、大変ですね」

思わず、作家って五十人もいるんですか、と言いそうになった言葉を飲み込みながら、森野は言った。

「中里一也は今が正念場、今後どんな作品を書いていくのかで評価が変わりますよね、とか言ってたぞ」

「どういうこと？　もう大きな賞を取ったんじゃないの？」

「いや、あれは新人賞だから、まだこれからということらしい」

森野と理人はまた顔を見合わせた。

「よくわかんないな。一也は三年前に一度新人賞を取ってデビューしたんじゃないの？　自分でもそう言ってたよ」

「なんだかよくわからないが、それはデビュー用の新人賞で、今回はもうデビューしちゃった人用の新人賞なんだって」

「ふーん」

「まあ、とにかく、中里はそのデビュー用の新人賞の時は当時の失恋の話を書いたし、今回も夜月とこの店のことだろう？　そういう起こった事実っていうか、はっきり言えば付き合った女のことを小説にしてきたんだけど、そこからさらに飛躍できるかどうかがこれからの鍵でしょうね、って言ってた」

「なるほど」

「今回の作品は、中里が夜月の顔色をいつもうかがって、彼女の地雷を踏まないように気を遣っているところを克明に描いたのがよかったんだが、次もそういういい題材が見つかるかわからないし、でなければ、今度は三作目が書けない作家になるかもしれないって」

「いろいろむずかしいんだね」

そうだろうか、と森野は思った。一也のような人間は次々、そういう「題材になるもの」を見つけて、小説のようなものに仕立て上げて、踏みつけて生きていくような気がした。

「まあ、あの子としては、中里がテレビにばっかり出てるからおもしろくないんだろうな。彼のことはもう私の手を離れてます、って言ってたから」

「でも、引っ越しの手伝いをしてたんでしょ」

「だから、そういう雑用ばっかり押しつけられるから、つまんないんじゃないの」

「ああ、そういうことか」

三人でそろってため息をついてしまう。

「楽な商売ってないんだねぇ」

「いや、テレビに出ているうちはいいですよ。お金ももらえるし」

「そうそう、一也はあの部屋を出て、どこに引っ越すの？」

「代々木上原の方だって。それも、親しくなったテレビディレクターが紹介してくれた場所だって」

「じゃあ、夜月とは別れたの？　夜月の居場所は知らないの？」

「おれもそこを聞いたのよ。そしたら」

店には三人しかいないのに、思わず、お互いの顔が近づく。

「江原も知らないんだって」

「なあんだ」

理人が心底がっかりした声を出す。

「だって、あっちの方から『夜月さんと中里さんがどうなってるか、知ってますか？　夜月さん、今どこにいるんですか？』って聞かれたんだから」

「本当に？」

「うん。ただ、日本に帰っていることは確からしい。江原が手配した往復チケットの帰りのチケットが使われていることはわかってるんだって。でも、どこにいるのかは知らない」

「それ、嘘かもしれないよ」

「いや、おれが知らないって答えたら、江原も『私もよくわからないんですよ、今日はただ引っ越し屋の手配はしてあるから行ってくれって言われただけなんです』って言ってた」

「じゃあ、その時に夜月さんには報告してあるんですか、とか聞けばいいのに。気が利かないな」

理人は目の前に江原がいるかのように毒づく。

「まあしかたないよね」

森野が思わずつぶやいてしまう。

「何がしかたないんだ」

大輔が森野に鋭く尋ねた。

「あ、いや……江原さんが知らなくてもしかたがないかな、と思って」

「だから、なんでしかたないんだ？」

「……まあ、江原さんは一也の担当編集者にすぎないわけだし」

森野は考え考え、理由をひねり出した。

「ふーん。そういうことか」

「夜月さんも一回、こっちに連絡してくれればいいのに」

「ねえ、本当に、どうやって夜月に連絡取ったらいいんだろうね」

大輔が急に身を乗り出す。

「おれ、ちょっと考えたんだけど、夜月が日本にいるのなら、新聞広告出すのはどうだろうか」

「新聞広告?!」

森野も理人もおかしな声が出てしまう。

「そりゃまた」

「古風だね」

「というか、僕らが思いつきもしない、とっぴょうしもない案だね」

「いや、あいつはたいしてSNSも見ないし、本も読まないけどさ、スポーツ新聞はよく読むだろう。お客さんと野球やらサッカーの話をするために。それにあの、水商売とか風俗の広告欄は必ず、じっくり見ている」

理人が手をぱんっと叩いた。

「わかる！　確かに、夜月、あれよく読んでる。それで、『年齢不問、月収四十万確約、初心者歓迎』とか読み上げてさ、『こんなの嘘に決まってるじゃん。騙（だま）される馬鹿いるかね』とか言うの。その割に『スナックママ募集、経験者優遇、月収五十万』とかいう広告に赤丸つけてたりするの」

理人はゲラゲラ笑って、懐かしいなあ、と言った。

「夜月がよく読む、スポーツ毎朝に『夜月、すぐ帰れ、皆待っている』とか出すの、どうだろうか」

「なるほどねえ」

「十万くらいでできるだろう」

「値段はともかく、すぐ帰れじゃ、夜月、戻って来ないかもね」

「そんなことないだろう」

「あの人、天邪鬼だから。文面は『しかたないわねえ、じゃあ帰らないわけにいかないじゃない』っていうような言葉がいいと思う」

「そんなのあるかなあ」

「例えば、夜月、このままじゃ店の酒全部飲み干すぞ、帰って来い、とか」

「なるほど」

森野は思わず、吹き出したが、大輔は感心してうなずいた。

「まあ、それは皆でもう少し考えましょう。他の人にも相談して」

大輔が水割りを飲み終え、理人がお代わりを作った。それを差し出しながら、ぼく、実家に帰ろうと思っていて」と急に言った。

「実家?! 理人が?」

「理人君に実家なんて、あるの?」

理人が苦笑する。

「あるよ、ちゃんと。福岡出身だって最初に話さなかった？」

「聞いたかもしれないけど、覚えてなかった」

「いや、聞いてないよ」

理人が小さな声でつぶやいた。猟奇殺人の犯人にも故郷はあるんだよ。

「え。今、なんて言った？」

「この間、テレビでやってたじゃん、去年の夏くらいに捕まった猟奇殺人の犯人。部屋に携帯もパソコンもなくてさ、誰ともつながってなかったって、今時そんな人間いるのかって話題になった。だけど、よく調べたら、テレビの裏に落ちてたノートに実家の住所が小さく書いてあったって。だけど、そこにはもう誰も住んでなかった」

「福岡帰ってどうするんだよ」

「そうなる前に行くのよ、ぼくは」と理人は言った。「実家がなくなる前に行くの」

「さびしいじゃないか。三人屋はどうする」

「別にずっと戻って来ないわけじゃないよ。ただ、一度帰って、いろいろちゃんとしなくちゃいけないな、と思ってて」

本当だろうか、と森野は疑った。そう言いながら、理人も夜月と一緒で、気まぐれにいなくなってしまうような気がする。

「母もいい歳だし、と言っても、まだ四十代だけど。義理の父が最近、あまり身体が良くないらしいのね。だから」

それ以上のことは言わなかったが、大輔が「ちゃんとするって何をするんだよ」と尋ねると、めずらしく真面目に答えた。

「ちゃんと話すってことかな。家を飛び出してきてそのままだったから。どうも義父はぼくが出て行ったのは自分のせいだと思ってるみたいなの、それだけでも誤解を解いてあげようと思うんだ」

「へえ」

森野にはよくわからなかった。

「そんなの電話でよくない？」

「森野さんは……幸せなんだね」

急に言われて、どきりとしてしまった。

「どういう意味だ」

大輔が代わりに聞いてくれた。

「幸せな家庭に育ったってこと。ぼくは違うから、直接会わなきゃ伝わらない」

「そんなものかな」

「そういうものなの」

二人は福岡の話を続けていたが、森野は別のことを考えていた。

まひるのことを。

理人が自分を幸せだと言って、本当に驚いてしまった。内心を見透かされているのかと思って。さらに、夜月のことも、本当は「肉親のまひるが夜月の行方を知らないのだから、江原が知らなくてもしかたがない」と心の中で思っていたのだが、それを彼らに知られなくてほっとしていた。


パーティを抜け出した日から、森野は時々、まひると二人きりで会うようになっていた。必ず森野がまひるのマンションの近くまで行って、ほんの一時間ほど飲む。

「結局、お姉ちゃんが日本のどこにいるか、誰も知らないってことなんですよね」

まひるはレモンサワーを飲みながら、森野に言った。

「あの人は、いつもいなくなるから……」

まひるは悔しそうにつぶやく。

「いや、今回は今までとぜんぜん事情が違うんじゃないですか」

女の子と、パーティを抜け出す。

自分にそんな大胆な行動ができるとは、今の今まで思わなかった。しかも、場所は帝国ホテル、日本でも有数の「大きくて豪華な」パーティではないだろうか。

自分はそこから抜け出したのだ。

実際は、そのあと、「どこかで飲みましょう」と言ったは良いが、いったい、どこの店に入ったらいいのかわからず、有楽町（ゆうらくちょう）をうろうろしたあげくに、まひるが「ここでいいです」と指さした、どこの街にもあるチェーン系のイギリス式パブに入った。

そこで何杯も何杯もビールを飲みながら、初めてまひるとじっくりと話した。二人とも数え切れないくらい、トイレに行った。

前から思っていたことだが、まひるの顔というのはものすごく整っていて美しい、しかし、ものすごく地味だ。その二つが同じ顔に混在することに感動する。彼女の鼻が少しでも曲がっていたり、唇が分厚かったりしたら、彼女は女優やタレントになっていたのではないか、少なくとも男からもっとちやほやされる人生だったのではないか、と考えながら夜を明かした。

帰りはタクシーで彼女が今住んでいるマンションまで送っていった。予想していたほど豪華な建物ではなかったが、シンプルでセンスのいい外観だった。車から降りる時、彼女の方から「また飲みましょう」と言ってくれた。

「いいんですか」

「子供も少し大きくなって、私も時間ができてきたので」

はにかんだ顔がかわいらしかった。

まひると会うようになってから、彼女たち姉妹にこれまで起きたことを聞くことができた。

もちろん、夜月と大輔のことはなんとなく知っていたし、三年前に夜月がいなくなったことは覚えていたけど、本当のところ、まひるがこれほど姉に複雑な思いを抱いてきたということを知らなかった。

「いろいろ面倒になると、ふらっと出て行ってしまう。なんの相談もない」

彼女はため息をついた。

「もう、心配するのはやめました。だけど、なんか、気になるんです。あの人が今、どうしているのか」

「やっぱり、姉妹なんですね」

「そういうことじゃないんです」

まひるがその端整な顔をしかめると、森野はどうしたらいいのかわからなくなってしまう。

「すみません。適当なこと言って」

「そういうことじゃなくて……どう言えば」

まひる自身もわからないようだった。

「僕は、夜月さんは、朝日さんの婚約者のお祖父さんたちにかくまわれている、って噂も聞きましたが」

「えー」

まひるは笑った。

「違うんですか」

「私が聞いてないんだから、違うと思います」

「実は、大輔さんたちが新聞広告を出そうって話があって」

森野はまひるに彼らの計画を話した。まひるは真剣な面持ちで、その話をじっと聞いていた。

「そうかもしれない」

聴き終わると、まひるはぽつんと言った。

「何が？」

「お姉ちゃんがとんでもない言葉にしか反応しないっていうの、そうかもしれません。理人くん、お姉ちゃんのこと、よく見ていますね」

褒めているのに、どこか浮かない顔だった。

「私たちより、姉のこと、よく知っているのかもね」

「彼はずっと一緒にいたから。今は福岡に帰ってるけど」

理人が帰郷してから二週間ほどが経っていた。

「昔からそうなんです。皆、家族である私たちより、姉を大切にしてる。姉はあんなにめちゃくちゃなのに、皆が探している」

森野はなんと答えていいのかわからなくて、黙っていた。

まひるはしばらくすると大きなため息をついて、森野の方を見て、笑った。

「ごめんなさいね。姉のことになると、つい、いろいろ考えてしまうの」

「はい」

「でも、あ……」

まひるは小さな声を上げた。

「私、わかるかもしれません。姉を呼び戻す言葉」

「なんですか!?」

「サンドの秘密を教えるぞ」

「は？」

「夜月、帰ってこい。サンドの秘密を教えるぞ」

「サンドっていうのは、三度？　三回の三度？　それともサンドイッチのサンドですか」

「サンドイッチのサンドです。玉子サンドの秘密……私たちが、ここで出していたサンドイッチあるでしょう。玉子サンドは三種類出していたけど、ゆで玉子を潰してマヨネーズと和えたやつ、ふわふわでやわやわの」

「ええ、わかります、おいしかった」

森野も何度か買ったことがある。

「お姉ちゃんはあれを特別、気に入って、買って食べていたし、私たちに教えて欲しいって言ってたの、あの玉子ペーストの作り方を。そして、夜の店で出したいって。でも、私たち、意地悪して教えてあげなかったのね、夜の店で出されるのもちょっと嫌だったし。お姉ちゃんが教えてってそれとなく言ってきても、無視してた。だから」

「サンドの秘密を教える」

「そう」

「それはいいかもしれない。大輔さんに言ってもいいですか」

「どうせ、今はサンドイッチの販売もしてないし、姉が戻れば三人屋は夜の店だけになる。朝日も異存はないと思います」

「それで、サンドの秘密ってなんなんですか」

まひるは唇を尖らせて「秘密」と言った。

森野はまひるに断って、席を立った。そして、大輔に電話をかけた。彼にまひるの言葉を伝えながら、いつか彼女に「僕たちもちゃんと付き合おう」と言いたい、と思った。

それから、森野もなんとなくスポーツ毎朝の広告欄を見るようになった。

仕事場にスポーツ新聞を買っている上司がいたので、それを貸してもらったり、自分でコンビニで買ったりした。

大輔に電話してから、一週間ほどでそれは載った。

森野が教えた通り、「夜月、帰って来い。サンドの秘密を教える」と二行にわたって書いてあった。

しかし、森野が驚いたのはその隣の広告だった。

「理人、お前も早く帰ってこい」

その文字をじっと見ていると目頭が熱くなり、頬がこそばゆくなっているのに気がついた。森野は自分でも思いがけず、泣いていた。

「こういうことするんだよなあ、大輔さんは」

いつか、余所者の自分も「帰ってこい」と言ってもらえる日が来るような気がした。

その数日後、森野は会社帰りに同僚と少し酒を飲んだ後、ラプンツェル商店街を通っていた。

ふっと顔をあげると、三人屋の店のドアに明かりが灯っていた。

夜月さんか、理人が帰ってきたんだな、と思った。最高だ。ほろ酔いで帰宅し、その道筋にいつでも寄っていい店がある。

ためらいなくドアを開けて中に入ると、夜月がカウンターの中にいた。

いつもの赤いドレスでくわえ煙草で。

「お帰りなさい」

耳に届いた言葉が信じられない。本当は自分が言うべき言葉なのに。

「ただいま。誰もいないんですか」

スツールに腰を乗せながら尋ねる。

「大ちゃんも三觜さんも、大騒ぎして今、帰ったとこ」

夜月は瓶ビールとつまみをすぐに出してくれた。そして、彼女のお酌で最初の一杯を飲んだ。

「あたしももらおうかな」

酌をした右手をそのままに、左手でグラスを出して注いでしまう。

「あ、僕がやります」

「いいの、いいの」

向こうがご馳走される側のはずなのに、なぜか、こちらが許してもらってるような言葉になる。いつもの夜月のペースだった。

「じゃ、乾杯」

お互いの目を一瞬見つめて、グラスを合わせた。ぐっと飲み干す。

「理人君は」

「まひるは」

二人同時に言って、笑ってしまった。

「理人はまだ帰ってないよ、だけど、これ」

スマートフォンを見せてくれた。

「久しぶりに電源を入れたら、理人からLINEが来てた」

「電話しても出なかったでしょ」

「出先に、充電器を持っていくのを忘れたんだ」

「そんなことか」

本当にそうなんだろうか、と心の中で疑った。けれど、もう夜月は帰っているし、どっちでもいい気がした。

見せてもらったLINEには、理人が病院のベッドで横たわる老人と一緒にツーショットで写る姿があった。老人はパジャマ姿だったが、二人とも笑顔だった。「もうすぐ帰るよ」と一言メッセージがあった。

「これ、おとうさんでしょうか」

「そうでしょうね」

その父親は本当の父ではないらしい、と言いかけて、そんなことはどちらでもいいか、と口を閉じた。

「それから、これ。どうぞ」

夜月が奥から出してきたのは、皿に載った玉子サンドイッチだった。溢れるほどに玉子のペーストが挟まっている。

「教えてもらったんですね」

「お昼頃、ここにいたら、大輔にすぐ捕まっちゃって。あの人が大騒ぎしてまひるを呼んで、教えてもらったの」

玉子サンドを手にとって食べた。

「やっぱりおいしいな。すごくふわふわとろとろしている」

「でしょう……ねえ、まひると付き合ってるんだって？」

「え」

玉子サンドを取り落としそうになってしまう。

「やっぱり、そうなんだ」

「どういうことですか」

「新聞広告の文章を考えたのはまひるとあなただって聞いて、なんか怪しいなと思ったし、今日のまひるの様子からそうじゃないかと」

「鋭いですね。でも、まだそこまでちゃんとしているわけじゃないので」

「あたしが知っているとは言わないで」

「もちろんです」

「大ちゃんもまだぜんぜん気づいてないみたいだから、気をつけて」

「はい」

ほっとして、玉子サンドを頬張った。

「で、玉子の秘密はなんなんですか」

夜月は少し目をそらして、しばらく考えて「まあ、いいか」と言った。

「あなたにいろいろ世話になったみたいだしね」

「ええ」

「この玉子サンドの秘密は」

夜月が口を開いた時に、ドアベルが鳴った。

「ただいまー」

理人が入ってきた。

「帰ってきちゃった。大輔が、夜月が帰ってるってメールくれたから、最終の飛行機で、帰ってきちゃった」

「え。俺には連絡なかったのに」

「だって、森野は会社の帰りにどうせ、ここを通るじゃん」

理人は森野の背中に抱きついた。彼にそんなことをされるのは初めてだった。

「おいおい」

「あー、懐かしい。森野でさえも懐かしい。何これ、おいしそう」

理人はさっさと森野の隣に座って、玉子サンドに手を伸ばした。

「理人、手を洗いなって」

夜月が強く言うと、彼は肩をすくめて、でも、言い返さずにトイレに入っていった。

「しかたない、大ちゃんにももう一度、連絡するか。森野さん、大ちゃんに電話してよ、理人も帰ってきたって」

夜月はそのまま、カウンターの奥に入っていった。

森野はサンドの秘密を聴き損ねて、でも、そう不満でもなく、大輔の電話番号をプッシュした。


「結局、元に戻ったわけね」

まひるが居酒屋でレモンサワーを飲みながらつぶやいた。

「いえ、本当のところには戻ってませんよ」

森野は自分の声に悲壮感が混じっているのを知りつつ言った。

「朝日さんは出て行ったままだし、理人君はもう豆腐屋にはいません。何よりまひるさんが街には住んでいない」

　まひるは自分の名前に小さく首を傾(かし)げた。

「そのくらいはいいんじゃない？　朝日だって実家がある街に時々は帰ってくるわけだし、理人くんは正式に三人屋の二階に住むことになった……」

「そうですけど」

「まあ、マイナーチェンジってことで。そういえば、森野さんて、前は朝日のことが好きでしたよね」

　森野がまったくありがたくない方に話の舵(かじ)が切られた。

「いや、別に、そんなわけじゃ」

「違うんですか」

「別に何もありませんでしたから」

「それは知ってます。ただ、森野さんの気持ちはどうだったのか」

「僕なんて、まるで相手にされませんでしたし」

「だから、そういうことじゃなくて、森野さんの気持ちを聞いているんですよ」

　なんと答えてよいかわからず、あああ、とうめきながら両手で顔を覆うと、まひるはケラケラと笑った。

「好きだったんじゃないですか⁈」

「好きとかじゃないんです。もう、ちょっとした憧れというか、ああ、きれいな人だなあって思ってただけで」

「ふーん、そうなんだ。じゃあ、朝日がその気だったら、付き合っていたってこと？」

「いやあ、勘弁してくださいよ」

森野がやっと顔を上げると、彼女は目をきらめかせていた。

「まひるさん、責めますねえ。Ｓなんですか？」

「さあ、そんなこと、誰にも言われたことない。でも、森野さんが相手だと、なんか、そういう気持ちが盛り上がるのかも」

ふふふふ、とまひるはいたずらっぽく笑う。

まいったなあ、と言いながら、森野はそういうまひるが嫌じゃない。むしろ、いつもの地味な印象が消えて、美しいとさえ思う。

「朝日さんは当時、まだ学生だったし、僕なんてとてもそんな」

「だから、それは関係ないんですよ。私は森野さんの気持ちが知りたいんだから」

「僕の気持ちが知りたい？」

思わず、彼女を二度見してしまう。

当然、否定されるか、ごまかされるかと思ったが、まひるはまっすぐに森野を見返してきて、「ええ」とうなずいた。

「じゃあ、はっきり言ってしまいますが、最初はさっきも言った通り、素敵な人だなあ、と思いました。だけど、何か行動を起こしたことはありません。正直言うと、朝日さんたちと知り合った頃、会社の他の女性とちょっと付き合っていたこともあって、関心が薄れたんです。それからも、大輔さんとかにからかわれたりしたことはあって、その時はあまり否定もしてなかったんですが、それは、この街や大輔さんたちと遊ぶ上で話のネタになるかと思っていたからです。まあ、彼らとわいわいやっている方が楽しかった。朝日さんのことは彼らと、いやこの商店街とうまくやっていく上での……」

「わかった、もういいわ。そんなに真剣に答えられると、こっちが困っちゃう」

「すみません」

「森野さん、なんでそんなに謝るの？」

「いや、別に」

「それが口癖になっちゃってるのかな」

「そうですね、なんか、それ言っとけばなんとなるかなって思っているところあるかも。そういう人生だったんですね」

　彼女とだらだらと話していると、いくらでも話ができてしまう。

「朝日さんと婚約者さんの結婚はどうなるんですか。お二人はうまくいってるんですか」

まひるはまたニヤッと笑って、森野を指差した。

「やっぱり、気になってる！」

「だから、違いますって」

「……二人もいろいろあったけど、まあ、なんとかうまく納まるみたいですよ」

「いろいろって」

「あれほど、資産家だとむずかしいこともあるみたい。最初は資産を朝日がどう思うか、ってことを気にしてたんだけど、わかってからは、お互い、それを気にしてないって言い訳ばかりしたりして少しギクシャクしたみたいね。今は、落ち着いたようよ」

「お金なんて、あればあるほどいいと思うけど」

「ね」

「僕は、お金はないですけど」

「知ってます」

「だけど、付き合いませんか」

まひるは飲んでいるサワーの中の、レモンの粒が歯にしみてしまったような顔でしばらく黙り込む。

「ダメですか」

「私、子供いるよ」

「もちろん、知ってます」

「そういうことを後から、やっぱり無理、と言われたりするのはもう嫌なの」

「わかってます。全部、承知の上です」

「あなたが私にそういうことを言うのは、もしかして、ラプンツェル商店街や三人屋をずっと同じままにしておきたいから？」

「そんなことないですよ」

森野は自分の心の中をのぞき込むような気持ちで、一言一言、言葉を選んだ。

「前はそういう気持ちもあったかもしれないけど」

「あったんだ」

「いえ、でも、今は大丈夫です。そんなことをしなくてもいいとわかったから」

まひるはうなずいた。

「商店街って店をやっている人だけでできているわけではないのよ。来てくれる人、すべてでできているの。森野さんもその一員」

「はい。自分にもそれが最近やっとわかってきました。ところで」

「ん？」

「サンドイッチの秘密、僕にも教えてもらえませんか」

まひるは一瞬、黙った後、わざと作ったような渋面で森野をにらんだ。

「それを聞きたいために、私に告白したわけじゃないよね？」

「だから、違うって」

「じゃあ、教えるか……」

まひるは森野の耳に唇を近づけた。

「水」

「え？」

「ひと匙の水よ。潰したゆで玉子とマヨネーズを混ぜて、小さじ一杯の水を入れてさらによくかき混ぜるの。そうするとやわやわのふわふわのトロトロになる」

なんだよ、それだけか、と言いそうになる自分を抑えて、森野は重々しくうなずいた。

「なるほど」

「聞いてみれば簡単でしょ」

「いえ、本当の、秘伝中の秘伝だと思いました」

大きな笑顔になったまひるの顔に、本当はすぐにでもプロポーズしたいと思う。でも、森野は「まだ早い」とその気持ちをぐっとこらえて、ビールを飲み干した。

初出「Webジェイ・ノベル」
1.　近藤理人(26)の場合　　2019年 2 月26日配信
2.　中里一也(29)の場合　　2019年 5 月28日配信
3.　望月亘(30)の場合　　2019年 8 月27日配信
4.　加納透(35)の場合　　2019年11月26日配信
5.　飯島大輔(39)の場合　　2020年 2 月25日配信
6.　森野俊生(29)の場合　　2020年 6 月 9 日配信

実業之日本社文庫 は92

サンドの女（おんな） 三人屋（さんにんや）

2021年2月15日　初版第1刷発行
2021年4月30日　初版第4刷発行

著　者　原田ひ香（はらだひか）

発行者　岩野裕一
発行所　株式会社実業之日本社
〒107-0062　東京都港区南青山5-4-30
CoSTUME NATIONAL Aoyama Complex 2F
電話［編集］03(6809)0473［販売］03(6809)0495
ホームページ　https://www.j-n.co.jp/
ＤＴＰ　ラッシュ
印刷所　大日本印刷株式会社
製本所　大日本印刷株式会社

フォーマットデザイン　鈴木正道（Suzuki Design）

ISBN978-4-408-55646-8（第二文芸）